KB181030

베트남, 길 위의 산책자

베트남, 길 위의 산책자

초판발행 2023년 4월 18일
지은이 김완중
펴낸이 최대석 펴낸곳 행복우물 출판등록 제307-2007-14호
주소 경기도 가평군 경반안로 115
전화 031-581-0491 팩스 031-581-0492
전자우편 book@happypress.co.kr
값 17,000   ISBN 979-11-91384-44-4

베트남, 길 위의 산책자

김완중

KIM WAN JUNG Photo ESSAY @ Vietnam

프롤로그

　　당시 나는 우울이란 이름의 터널을 걷고 있었다. 사귀던 여자친구와 헤어지고 난 후 사소한 일에도 집중할 수가 없었고, 직장생활마저 무미건조하기 짝이 없는 날들의 연속이었다. 사정이 이렇다 보니 어디론가 훌쩍 떠나고 싶은 생각만이 머릿속을 가득 채웠다. 그렇게 속절없이 시간을 흘려보내다가 마침내 우울감이 심해져서 나는 정신과 병원의 문을 두드리기까지에 이르렀다.

　　의사 선생님은 내 말을 끝까지 귀담아 들은 후 선뜻 처방 하나를 내려주었다. 취미활동에 더해 가능하면 햇볕을 많이 쏘이라는 거였다. 그때 나의 머릿속으로 불현듯 스쳐간 게 있었는데, 그건 다름 아닌 베트남이란 나라였다.

　　베트남. 한때 월남이라 불렸던 나라. 내 나이 12살 되던 해 아버지는 월남으로 향하는 커다란 군 수송선에 몸을 맡겼다. 그리고 얼마 지나지 않아 동화책 속에나 존재할 것같은 먼 나라에서 아버지는 한국의 가족들에게 소식을 보내왔다. 두툼한 편지 봉투를 뜯으면 편지지와 함께 흑백사진과 컬러사진들이 우수수 쏟아지던 기억의 파편들.

가족의 안부를 묻는 내용은 읽는 둥 마는 둥, 나는 사진 더미에서 좀처럼 눈을 떼지 못했다. 그도 그럴 것이, 사진들은 마치 만화경을 들여다보는 것처럼 신기하고 흥미로운 피사체들로 넘쳐났기 때문이었다.

하늘로 쭉 뻗은 야자나무며, 사람 키보다도 훨씬 큰 선인장이며, 수색 작전 중 정글 속에서 잡았다는 황소만한 호랑이의 사체며, 초점 잃은 눈으로 담배를 입에 물고 있는 아이들의 여윈 알몸이며…….

결국 의사 선생님의 말씀이 내 잠재의식 속 베트남을 끄집어냈고, 더는 참을 수 없었던 나는 일주일간의 휴가를 얻어 배낭을 꾸렸다. 주변 사람들은 왜 하필 베트남이냐고 고개를 갸우뚱거렸다. 하지만, 나의 베트남 여행은 누구에게도 방해를 받지 않았다. 해가 바뀌고 또 바뀌어도 나의 발걸음은 멈출 수가 없었다. 부지불식간에 나는 베트남의 포로가 돼 버린 것이었다.

기대했던 대로 베트남은 햇볕이 넘실대는 나라였다. 녹아내릴 듯한 무더위를 견뎌내며 나는 이 도시, 저 도시를 정처 없이 돌아다녔다. 남부에서 북부로, 북부에서 다시 남부로. 그러는 동안 나의 음습한 우울증은 햇볕에 널어 둔 빨래처럼 물기가 걷혀갔다.

그곳의 사람들은 순박하고 후박했다. 카메라를 피하지 않고 웃는 얼굴로 렌즈를 응시하는 사람들은 일찌감치 나를 무장해제시켰다. 우리는 서로 말이 달라도 눈빛과 미소로 인사를 나누었고 몸짓으로 많은 걸이해하게 되었다.

그 땅의 풍경은 또 어떠했던가? 어디를 가더라도 넉넉한 노천카페와 노천식당들이 있어 마음 편히 쉬어갈 수가 있었다. 그뿐만이 아니었다. 어느새 익숙해진 느억맘 냄새와 열대 과일과 커피 향기는 마치 고향에라도 온 듯 늘 나를 감싸주었다.

시간이 흘러 지금은 2023년. 몹쓸 전염병이 세상을 온통 들쑤셔놓고 물러가는 시점에 나는 부끄러운 결과물을 하나 내놓는다. 1996년부터 베트남을 여행하며 짬짬이 메모하고 사진 찍어 놓았던 것을 소심하고 게으른 탓에 머뭇대다 이제서야 하나의 책으로 갈무리한다.

베트남, 그 땅에 살고있는 사람들에게 우선 고마운 마음을 전하고 싶다. 그리고, 이 책이 세상에 나올 수 있게 해준 행복우물출판사에 감사드린다. 알게 모르게 주변에서 도움을 주신 모든 분들께도……

2023년 어느 봄날
김완중

목차

Kim Wanjung Photo Essay

Vietnam

38시간의 열차 여행

밤 9시 40분, 사이공 역. 나는 남북 종단 통일열차에 몸을 실었다. 수도 하노이까지는 1,726km. 하루를 꼬박 채우고도 14시간을 더 달려야 하는 여정이다.

객실은 창가에 붙은 게딱지만한 테이블을 가운데 두고 양편에 이층 침대가 서로 마주 바라보고 있었다. 그런데, 요상한 게 눈에 들어왔다. 그것은 바로 창문에 덧댄 철망이었다. 여기가 동물원도 아니고, 웬 철망?

창밖에서 날아오는 돌멩이를 막거나 소매치기들로부터 승객의 물건을 보호하기 위해 그렇게 했다는 것을 나중에서야 알게 되었지만 어쨌든 김이 빠지는 순간이었다. 게다가 뜨륵뜨륵 이빨 가는 소리를 내며 돌아가는 선풍기는 이번 여행이 순탄치 않은 노정임을 예고하고 있었다.

10시가 되자, 기차는 짧게 기지개를 한번 켠 뒤 천천히 미끄러지기 시작했다. 나는 객실에 있는 사람들을 찬찬히 훑어보았다. 바로 내 앞에는 얼굴이 희고 갸름한 50대 여자가, 그 위층에는 외모가 번듯한 20대의 청년이, 그리고 내 침상 위로는 가무잡잡한 피부를 가진 40대 후반의 여자가 자리를 차지하고 있었다.

"기차표는 얼마 주고 샀어요?"
맞은편의 청년이 짐 꾸러미를 침대 한켠에 대충 부려놓고는 내 옆에 앉으며 물었다.
"백 달러쯤 줬지. 왜?"
"백 달러나 줬다고요? 난 55달러밖에 안 줬는데."

이렇게 내 속을 뒤집어놓는 말로 첫인사를 대신한 사람은 27살의 '홍'이란 청년이었다. 캄보디아 출신의 유학생으로, 하노이 농업대학에서 엔지니어로 일하고 있다고 했다. 홍이 기차표를 싸게 살 수 있었던 건 베트남어를 능숙하게 구사했기 때문이었다.

그런데, 막상막하의 어설픈 영어 실력이 홍과 나 사이의 벽을 금세 허물어뜨렸다. '아시아에서 캄보디아 사람만큼 사귀기 쉬운 사람도 없다'라는 말을 어디선가 들은 적이 있는데, 그 또한 틀린 말이 아니라는 생각이 들기도 했다.

한참 뒤, 내가 화장실을 다녀오니 웬 중년 남자 하나가 홍 옆에 앉아 있었다. 그는 내 위층 여자의 남편이라고 했다. 여비를 아끼려는 심산이었는지 침대표 하나만을 구입한 이 부부는 각자 다른 객차 칸에 타고 있다가 목하 이산가족 상봉의 기쁨을 나누는 중이었다.

예상치 않은 인물의 등장으로 나의 행동반경은 현저히 좁아졌다. 무던하게 생긴 그 남편(이름이 '빈'이라고 했다)은 야심한데도 자기 자리로 돌아갈 기미가 안 보였다. 그러기는커녕, 오히려 내 침대와 맞은 편 아주머니 침대 사이를 도붓장수마냥 오가며 우리들의 대화에 끼어들었다.

가뜩이나 비좁은 공간에 훙까지 비집고 들어와 옴짝달싹할 수 없는 신세가 되자 슬며시 짜증이 치밀어 올랐다. 이럴 바에야 뭣 때문에 남들보다 두 배나 더 주고 1층 침대표를 샀는지 후회막급이었다. 그렇지만 어쩌겠는가. 기차는 이미 떠나지 않았는가!

다음 날 아침. 눈을 뜨니 남자 승무원이 장승처럼 문 앞에 우뚝 서 있었다. 나는 그에게서 샌드위치 하나와 과자 한 조각, 그리고 생수 한 병을 건네받고 식권 한 장을 떼 주었다. 지난밤에 다섯 장이나 되는 식권을 배급받았는데, 매끼마다 식권 한 장씩을 뜯어줘야 하는 것이다. 그리하여 마지막 남은 한 장을 승무원에게 넘겨줄 즈음이면 꿈같은 종착지인 하노이에 입성하는 것이었다.

우리는 야외 소풍이라도 나온 가족처럼 도란도란 모여 식사를 했다. 창밖으로는 너른 들판이 그지없이 펼쳐졌다. 초록과 황금빛의 연속이었다. 두 뼘쯤 자란 벼들이 뒤로 주춤주춤 물러나면 고개를 숙인 벼들이 그 뒤를 잇는 식이었다. 삼모작이 가능한 축복받은 땅이 아니던가!

떼굴떼굴 굴러도 좋을 성싶은 나지막한 산도 그렇지만 기찻길 옆 바

17

나나와 야자나무들 사이로 띄엄띄엄 보이는 시골집들이 정겨웠다. 밥을 짓는지, 집 앞마당에 앉아 군불을 지피고 있는 아낙네와 그 곁에서 나른하게 졸고 있는 누렁이는 어린 시절 내 고향의 풍경과 겹쳐졌다.

늦잠을 자느라 아침을 거른 홍이 무료함이 덕지덕지 묻은 얼굴로 옆에 와 앉는다.

"미스터 김은 혹시 기자 아닌가요?"
조금 전에 내가 사진 찍는 걸 비몽사몽간에 홍이 본 모양이었다.
"그냥 사진 찍는 걸 좋아할 뿐이야."
"그럼, 당신이 가장 관심 있는 분야는 뭐죠?"
"그거야 물론 먹고, 자고, 노는 것이지."
"어쩌면 그렇게 나랑 똑같은 거죠?"

홍은 자기와 마음이 통한다며 깔깔대고 웃었다. 전염성 강한 그의 웃음에 나도 덩달아 웃음보를 터뜨리고 말았다. 그렇게 홍과 시시덕거리고 있는 동안 또 한 끼의 식사가 나왔다. 파란색의 플라스틱 도시락이었다. 흰 쌀밥에 돼지고기 볶음, 그리고 오이와 토마토 몇 조각. 나를 제외한 나머지 사람들은 우거짓국과 나물 반찬들을 받았다.

"미스터 김은 김일성 동생 아닌가요?"
밥을 번개같이 해치운 홍이 내게 질문을 던졌다. 입가에 장난기가 스쳤다.
"뭐라고? 떼끼! 근데, 김일성을 어떻게 알아?"
"책에서 봤어요."
이때다 싶어 폴포트를 어떻게 생각하는지 홍에게 물어봤다.
"나는 폴포트를 존경하지 않아요. 그렇다고 미워하지도 않아요."
"그런 대답이 어디 있어?"
"그 사람을 온전히 이해하지 못하기 때문이에요."

하긴, 선량한 사람들을 잡아 가두고 살육까지 서슴지 않은 인간을 어떻게 온전한 정신으로 이해할 수 있을까. 폴포트의 크메르루주가 자행한 대량 학살은 그 규모와 잔혹함에 있어서도 히틀러에 버금가는 것이었다고 하지 않던가.

홍은 대부분의 캄보디아 사람들이 폴포트를 증오하고 있는 건 사실이라고 했다. 하지만, 웬일인지 그는 거기서 한 발짝도 더 나아가지 않았다. 영어로 자신의 견해를 설명하기에 힘이 부쳐서인지 아니면 자기 나라의 치부를 더 이상 외국인에게 드러내고 싶지 않아 그랬는지 나로선 알수가 없었다. 나는 더 이상 묻지 않았다.

"그럼, 호 아저씨는 어떻게 생각하지?"

"호찌민은 대단히 훌륭한 사람이죠. 베트남의 독립을 위해 한평생을 바쳤잖아요. 충분히 존경받고도 남을 분이죠."

망설임 없는 홍의 말에 나는 고개를 끄덕였다. 공산주의자이자 혁명가로서 호찌민은 일찌감치 베트남 독립운동에 뛰어들었다. 그리고는 끈질긴 저항과 투쟁 끝에 프랑스 식민 지배에서 베트남을 해방시켜 독립을 쟁취해냈다. 그는 국가의 최고 권력자가 된 뒤에도 일생을 독신으로 살며 허름한 집에서 색 바랜 옷을 입었으며, 스스럼없이 민중들 곁으로 다가갔다. 국민들은 이런 호찌민을 대통령이라 부르기보다는 존경과 친근함을 담아 'Bac Ho' (호 아저씨)라고 부르기를 더 좋아했다.

여가 생활에 대해 묻자, 홍은 카페에서 종종 친구들과 어울려 시원한 맥주를 마시며 시간을 보낸다고 했다. 묻지도 않는데 예쁜 애인이 있다며 자랑을 늘어놓기도 했다. 하노이 역으로 그녀가 마중을 나오기로 했으니 나중에 미모에 놀라 나자빠지지 말란다.

얘기를 나누는 중에 내가 껌뻑껌뻑 졸자 홍은 나를 살짝 흘기고는 자기도 눈을 붙여야겠다며 침대로 올라갔다. 빈 씨는 아내를 데리고 복도에 나가 바람을 쐬는 모양인지 한동안 안 보였다. 내 침대가 모처럼 만에 텅, 비었다. 나는 속으로 쾌재를 부르며 사지를 쭉 뻗었다.

잠이 혼곤히 들었나 보았다. 누군가가 내 어깨를 흔들어 깨웠다.

사람들이 다 모여 있었고, 저녁밥으로 나온 도시락이 테이블 위에 놓여 있었다. 쌀밥에 양념통닭이었다. 다른 이들은 점심때의 식단과 별반 차이가 없어 보였다.

"왜 내 밥만 다른 거지?"
홍에게 들으라는 듯 나는 괜한 심통을 부렸다.
"당신은 외국인이잖아요."
홍이 곧바로 대꾸해왔다.
"너도 외국인이잖아!"
"하하하."

오후 6시, 기차는 다낭에 닿았다. 다낭은 인도차이나반도의 허리춤에 붙은 항구 도시다. 승객 몇 사람이 기차에서 채 내리기도 전에 코흘리개 아이들이 객실을 향해 돌진해왔다. 입성이 구지레한 아이들의 손에는 하나같이 비닐봉지가 들려 있었다. 그리고 그 안에는 코카콜라며, 세븐업이며, 하이네켄 같은 빈 맥주캔과 음료수 캔들이 수북했다.

그럭저럭 밤이 지나고 날이 밝아왔다. 등과 허리가 배겨 못 견딜 지경이었다. 빈 씨는 이제 일곱 시간만 버티면 하노이에 도착할 거라며 내 어깨를 토닥였다. 아침 식사는 너나 할 것 없이 '후띠유'라는 국수가 나왔다. 퍼(쌀국수)보다 면발이 훨씬 얇고 둥글었는데, 향채 때문에 처음엔 먹기가 조금 망설여지는 음식이었다. 그런데, 외국 여행에서 음식만큼 소중한 문화 탐험이 또 어디 있으랴. 나는 일부러 후룩후룩 소리까지 내며 맛있게 먹었다.

탄호아에서 기차가 잠시 숨을 고를 때였다. 빈 씨는 '반까이'라는 바나나 잎으로 싼 떡을 내게 권했다. 겹겹으로 된 껍질을 양파 벗겨내듯 벗겨내자 마지막에 거무스레한 속살이 나왔다. 쫀득쫀득한 찹쌀떡 속에 돼지고기와 콩가루 따위가 들어있어 고소한 맛이 났다.

점심은 11시도 안 돼 가져왔다. 나는 달랑 한 장 남아있는 식권을 승무원에게 내주었다. 마지막 식사가 될 도시락이 내 품에 안겼다. 흰밥에 햄과 소고기, 백김치, 그리고 배춧국이었다.

전날 저녁까지만 해도 내국인의 식사와 외국인인 나의 것은 엄연히 달랐다. 한데, 아침에 이어 점심까지 그들과 똑같은 음식이 나온 것이다. 이방인의 음식 메뉴에 무슨 계산이나 의도가 있을 리는 만무했다. 그럼에도 불구하고, 번갯불처럼 그럴듯한 메시지 하나가 나의 머릿속을 퍼뜩 스쳐 지나갔다.

"불굴의 의지와 인내력으로 장시간의 힘든 여행을 잘 버텨낸 당신에게 이제 베트남인과 동등한 자격을 부여하노라!"

스스로 터무니없이 만들어낸 그 무언의 메시지에 화답이라도 하듯 나는 도시락을 순식간에 싹 비웠다. 하노이 역이 손에 잡힐 듯 다가오고 있었다.

물의 도시 하노이와 수상 인형극

　베트남의 수도 하노이는 가히 '물의 도시'라고 할 만하다. 시내 지도를 펼쳐놓고 봐도, 가장 먼저 눈에 들어오는 것은 단연 홍하(紅河)와 서호(西湖)이다. 이어 버이머우, 호안끼엠, 띠엔꾸앙 등의 이름 있는 호수들, 그리고 아예 이름조차 표기되지 않은 채 시내 곳곳에 흩어져 있는 무수한 호수들이 퍼르스름한 낯으로 여행자를 올려다본다.

　3백 개도 넘는다는 이 호수들 가운데서도 내가 유독 즐겨 찾게 되는 곳, 그건 바로 호안끼엠 호수이다. 시의 중심에 위치하고 있어 도서관이나 서점, 우체국을 오가다 쉬 들를 수 있는데다 야밤에도 구시가의 게스트하우스에서 슬리퍼를 끌고나와 호숫가 벤치에 기대앉아선 고즈넉한 풍경과 대면할 수 있는 곳이기 때문이다.

　엽서 꾸러미를 옆구리에 낀 꼬맹이들이나 과일 행상들이 불쑥, 검은 그림자를 대동하고 내 앞을 막아서 호수의 조망을 잠시 흐트러뜨리기는 하지만 그다지 마음 쓸 일은 아니다. 그들이 내게 말을 걸어옴으로써 내 안에 똬리를 틀고 앉아 있던 외로움의 덩어리가 조금이나마 떨어져나갈 테니 되려 고마워해야 할 일이다.

하노이에서의 짧은 체류 기간에도 불구하고 나는 호안끼엠 호수를 둘러싸고 있는 여러 유형 또는 무형의 존재들에 정이 들었음을 고백하지 않을 수 없다. 그 중에서도 가장 특별하게 다가온 것은 아마 수상 인형극이 아닐까 싶다. 두말할 필요 없이, 내가 관람했던 수상 인형극에 대한 소감을 짧게 적어본다.

탕롱 수상 인형극장은 호안끼엠 호수 북쪽의 딘 띠엔 호앙 거리에 있었다. 기껏해야 3백 석도 안 될 규모의 소극장이었다. 무대엔 붉은 기와를 올린 누각이 전면에 우뚝 서 있었고, 그 누각 앞에 가둬놓은 물에서 공연이 펼쳐질 것이었다. 버섯코 마냥 뻗어 친근함이 느껴지는 처마 끝, 그 위로 붉게 드리워진 큰 깃발, 그럴듯하게 세트된 야자나무의 검은 실루엣 등이 함께 어우러져 베트남의 색과 분위기를 오롯이 살려내고 있었다.

관객의 대부분은 파란 눈의 외국인들이었다. 사람들은 입구에서 하나씩 얻은 쥘부채로 땀을 식혀가며 얼른 막이 오르기만을 기다렸다. 2달러의 입장료로 부채 하나에 공연 음악 테이프까지 덤으로 얻었으니 모두들 본전을 뽑고도 남았다는 심산이었다.

8시가 되자, 전통의상을 차려입은 남녀 악사들이 무대 한켠에서 연주를 시작했다. 음악은 느리게 출발하여 차츰 가속을 밟다가 휘모리장

단처럼 몰아치는가 싶더니 느닷없이 요란한 폭죽이 터지면서 자욱이 연기가 피어올랐다. 객석에서 탄성이 터져 나왔다.

먼저, 수려한 용 한 마리가 물살을 가르며 자태를 드러냈다. 그러더니, 물 위에서 재주를 피우고 덩실덩실 춤을 추었다. 다음에는 알몸을 드러낸 아이 인형들이 우스꽝스런 동작으로 헤엄을 치는가 하면, 어부는 물고기를 잡는 것인지 물고기와 노는 것인지 물을 튀기며 엎치락뒤치락하였다. 베트남 특유의 해학과 정서를 담아 아기자기하게 예술적으로 연출해 낸 솜씨가 돋보였다.

오리 떼를 모는 장면에선 절로 감탄사가 나왔다. 여우 한 마리가 오리를 잡아먹으려고 주변을 기웃거린다. 농부는 오리를 빼앗기지 않으려고 필사적이다. 종국에는 호시탐탐 기회를 엿보던 여우가 순식간에 사냥감 하나를 낚아채 야자나무 위로 삼십육계 줄행랑을 친다.

베트남의 민족 영웅인 레로이 왕의 전설을 짧게 재구성한 내용도 흥미로웠다. 옛날, 명나라 군대가 베트남을 침략해왔다. 천우신조로 호안끼엠 호수에서 신검을 얻은 왕은 그 칼로 적들을 물리쳤다. 적군이 물러간 뒤 호수에 거북이 한 마리가 나타나 그 칼을 환수해 홀연히 사라졌다는 이야기다. 호안끼엠의 한자어인 환검(還劍)은 여기에서 유래된 말이라고 한다.

극은 모두 17개의 레퍼토리로 짜여 있었다. 3분 내외의 짤막한 극을 연속해서 펼쳐나갔다. 쉴 새 없이 쟁쟁거리는 타악기와 소름이 돋을 만큼 교태 어린 여인들의 노랫가락, 야유하듯 혹은 방정 떨 듯 읊조리는 남정네의 소리, 이 모든 소리들이 무대 위에 떨어지는 조명 빛과 뒤섞이며 인형극을 한껏 고조시켰다. 옆에 앉은 프랑스 아줌마는 연신 셔터를 눌러대느라 바빴다.

극은 베트남 사람들이 영물로 여기는 네 동물(용, 일각수, 거북, 불사조)이 한꺼번에 무대에 등장해 한바탕 춤판을 벌이는 것으로 대미를 장식했다. 인형들이 모두 퇴장하자, 누각 앞에 드리워진 붉은 장막 뒤에서 인형을 조종했던 여남은 명의 사람들이 나타나 관객들에게 인사를 했다. 1시간여를 물속에서 땀 흘린 그들에게 박수와 환호가 쏟아졌다.

베트남의 수상 인형극은 아주 오랜 역사를 지니고 있다. 그것은 12세기 혹은 그 이전까지 거슬러 올라간다. 애초엔 왕의 장수를 축원하거나 위업을 기리기 위해 수상 인형극이 상연되었는데, 농촌의 마을에서는 그보다 훨씬 전에 존재했을 것으로 학자들은 보고 있다.

이 유일무이한 무대 예술을 처음 창안해 낸 사람은 농부들이라고 한다. 들에서 농사일을 마치고 돌아온 마을 사람들이 한데 모여 하루의 피로를 달래는 위무의 시간을 나눠가졌음직하다. 북부의 홍하 삼각주를 비롯해 도처에 널려있는 강과 호수와 논들은 베트남인들의 삶의 터전인 동시에 순박한 예술혼이 살아 꿈틀대는 야외무대였던 것이다.

한때 베트남을 식민 지배했던 프랑스 사람들은 수상 인형극을 보고 베트남인의 창조 정신과 예술 감각을 높이 평가했다. 극에 사용되는 나무로 깎은 인형 조각들에 대해서도 그들은 '베트남의 논에 깃든 영혼'이라며 칭찬을 아끼지 않았다고 한다.

내가 아는 바로는, 하노이에 두 개의 유명한 수상 인형극장이 있다. 호안끼엠 호숫가의 탕롱 극장과 시 외곽에 있는 국립 수상 인형극장이 그것이다. 보다 정통적인 극의 묘미를 접하려면 국립 극장엘 가야 하겠지만, 초행길엔 찾아가기가 쉽지 않은데다 일주일에 한번만 공연을 갖는 탓에 사람들의 발길이 잦지 않아 보인다. 탕롱 극장과 국립 극장의 박스 오피스에 대한 희비는 무엇보다 지리적인 조건에서 연유되는 건 아닌지 모르겠다.

판소리나 사물놀이가 우리의 눈과 귀에서 멀어져가고 있는 것처럼, 수상 인형극도 차츰 베트남 사람들의 관심에서 벗어나고 있는 것 같다. 영화와 비디오, 컴퓨터 같은 영상매체들의 홍수 속에서 어쩌면 당연한 일인지도 모른다. 그러나 과거의 삶과 오늘의 삶을 조화롭게 간직하고 살아가는 베트남 사람들이고 보면, 종합예술의 한 형태인 수상 인형극에 있어서도 그 새로운 발전 방향을 놓고 지혜로운 그들만의 해답을 찾아낼 수 있을 것이라 생각한다.

틴 할아버지와 하노이 퍼

하노이의 시가지는 잿빛 하늘 아래 잔뜩 습기를 머금고 있었다. 나는 호안끼엠 호수를 코앞에 둔 딘 띠엔 호앙 거리를 어슬렁거리고 있었다. 부슬부슬 내리는 가랑비 사이로 'PHO THIN'이라고 적힌 붉은 글자가 나의 시야에 들어온 건 그때였다.

그건 베트남 어디서나 흔히 볼 수 있는 노점식당이었다. 골목 안은 이미 손님들이 타고 온 오토바이들로 붐비고 있었다. 나는 겨우 식탁 한 귀퉁이를 차지하고 앉았다. 주위에서 쌀국수를 먹는 사람들의 젓가락질이 분주했다. 모락모락 김이 피어오르고 있는 주방쪽으로 나의 시선이 급히 옮아갔다.

한 사내가 순백의 아오자이를 얇게 오려내어 삶은 듯한 국수 면을 한 움큼 집어들었다. 길쭉한 대나무 그릇에 면을 넣어서 끓는 물 속에 잠깐 담갔다가 꺼냈다. 살짝 물기를 뺀 뒤 한 사람이 먹을 만큼씩을 고운 빛깔의 사발에 연신 담아냈다.

또 다른 사내가 옆에서 바삐 손을 놀렸다. 작은 수박만 한 고깃덩이를 일정한 간격으로 저며 옆 사람이 건네준 사발 위에 양껏 얹었다. 그리고 송송 썬 파를 그 위에 흩뿌렸다. 마지막으로, 커다란 들통에서 보글보글 끓고 있는 사골 국물을 한 국자 퍼서 사발 그득 부었다.

두 사람의 일사불란한 움직임에 정신을 팔고 있는 사이 내가 주문한 퍼 보(Pho Bo: 소고기 쌀국수)가 나왔다. 나는 쌀국수에 칠리소스 한 숟갈을 넣고 월남고추와 마늘식초를 곁들였다. 그리고 천천히 국물을 떠서 입에 가져갔다.

향긋하고 구수한 내음도 내음이려니와, 담백하면서도 알알하게 혀에 와닿는 느낌이 그만이었다. 남부 지방에서 먹던 쌀국수 맛과는 사뭇 달랐다. 방금 빚어낸 것 같은 면의 신선함과 연한 고기의 조합이 무엇보다 좋았다.

베트남의 쌀국수 '퍼' (Pho)는 북부의 하노이 지역이 본고장으로 알려져 있다. 옛날부터 베트남 사람들은 소를 신성시한 까닭에 오랫동안 식용으로 쓰지 않았다. 그 대신 돼지나 닭을 즐겨 먹었다. 소고기가 그들의 식탁에 오르게 된 것은 19세기 말 프랑스 군대가 베트남에 발을 들여놓으면서다.

퍼(Pho)의 어원은 프랑스어 'feu' 로 알려져 있다. 원래 프랑스 군인들이 먹던 음식을 'pot au feu' (포토퓨: 불처럼 뜨거운 그릇)이라고 불렀단다. 프랑스군이 소의 살코기와 뼈를 가지고 요리하는 걸 눈여겨본 베트남인들이 그 요리법에 자신들 고유의 음식인 국수를 섞어 '퍼'라는 새로운 형태의 음식을 만들어냈다는 것이다.

베트남식 바게트 역시 옛 프랑스 군대나 선교사들의 몸에 붙어 들어왔을 터인데, 지금은 베트남인들의 빼놓을 수 없는 먹거리 중의 하나로 자리를 잡았다. 빵의 옆구리를 가르고 그 속에 돼지고기, 오이, 상추따위를 잔뜩 채워서 먹는데, 한 끼 식사로 전혀 부족함이 없다. 이렇게 음식 하나만 봐도 베트남 사람들은 남의 것을 자신의 것으로 만드는 재주가 탁월한 민족이란 걸 알 수 있다. 남의 장점과 자신의 장점을 하나로 버무려내는 솜씨가 보통이 아니다.

퍼 한 그릇을 다 비우고 나서 나는 이 식당의 창업자인 '틴' 할아버지를 만날 수 있었다. 바로 골목 입구에 붉은 글자로 적혀 있던 그 이름이었다. 틴 할아버지의 첫인상은 강퍅하고 무뚝뚝해 보였다.

"난 아들 다섯과 딸 넷을 뒀지. 아들들은 모두 하노이 시내에 흩어져 한결같이 내 이름을 걸고 쌀국수를 팔고 있어. 여기는 넷째 아들의 가게야." 수년째 이 식당을 이용하고 있다는 젊은 여자가 나를 위해 영어로 통역을 해주었다.

틴 할아버지는 프랑스 군대에 끌려가지 않으려고 필사적으로 도망을 다니던 와중에 사촌으로부터 쌀국수 만드는 기술을 배웠다. 그는

1955년부터 쌀국수를 만들어 팔기 시작했는데, 하노이의 이 골목 저 골목을 누비며 국수를 팔다가 목이 좋은 지금의 장소에 정착하게 되었다.

베트남 전쟁이 한창이던 70년대 초 미군 폭격기가 하노이를 무차별 폭격할 때 잠시 피신했던 걸 빼고는 줄곧 이 노점을 사수했다는 틴 할아버지의 말끝에서 미세한 떨림이 감지되기까지 했다.

음식값을 치르고 난 뒤 나는 틴 할아버지의 손에 이끌려 골목 안의 넷째 아들 집으로 갔다. 할머니와 어린 손자 둘이 텔레비전을 보고 있었다. 할머니와 아이들 사이에 가로놓여 있는 식탁 위에 라면 그릇 하나가 놓여 있었다. 그것은 상징하는 바가 있었다. 두 형제는 우애 있게 한 번씩 번갈아서 젓가락질을 하였다. 할머니는 말없이 손자들을 바라보고만 있었다. 누가 뭐라 해도 아이들이란 새로운 맛을 좇는 존재인 것이다.

72살의 틴 할아버지는 더 이상 쌀국수를 손수 만들지 않는다. 이젠 자식들의 집을 순회하며 손자들 응석을 받아주고 간혹 쌀국수 맛이 변하진 않았는지 감식을 하며 단골손님들과 세상 돌아가는 얘기를 하는 즐거움으로 산다. 할아버지는 일선에서 물러났지만 소고기 쌀국수에 대한 그의 고집과 자부심은 물러설 줄 몰랐다. 그는 자신의 업이 다음 세대로 고스란히 대물림되기를 바라고 있는 듯했다.

내가 다시 PHO THIN을 찾았을 때 틴 할아버지는 불의의 교통사고로 세상을 떠났다고 했다. 나는 손녀딸의 안내로 틴 할아버지의 제단 앞에 향을 꽂고 절을 올렸다.

영정 속의 할아버지는 그런 나를 묵연히 내려다 보고 있었다.

베트남, 길 위의 산책자

하노이에서 소녀와 길 찾기

라오까이 역에서 밤기차를 탔다. 통로 쪽의 내 자리는 등받이가 높고 딱딱한 나무 의자였다. 비좁은 좌석에 무릎은 혹사당하고 숨까지 턱턱 막히는 시외버스에 견주면 그래도 양반이었다.

몸은 노곤한데 잠이 오질 않았다. 언제부터인지 나도 모르게 맞은편 창가 쪽으로 자꾸 시선이 가고 있었다. 베트남인들 틈에 끼여 앉아있는 금발의 여자. 어딘지 낮이 익은 얼굴이었다. 그래, 맞다. 며칠 전 하노이 역 부근의 게스트하우스에서였다. 공동 세면장에서 샤워를 끝내고 내 방으로 막 들어가려던 참이었다. 언뜻 보기에도 20kg은 족히 나갈 배낭을 짊어지고 무연히 내 앞을 스쳐지나가던 여자.

프랑스 여자일까? 아니면 독일 여자? 그러나 나의 호기심 따윈 안중에도 없다는 듯 그녀는 옆자리의 베트남 청년과 키들키들 웃으며 잡담을 나누고 있었다. 마치 연인 사이라도 되는 양 청년의 어깨에 이따금씩 자신의 상체를 맡기기도 하면서……

거친 숨을 몰아쉬는 기차는 어느덧 하노이와 라오까이의 중간쯤인 옌바이를 지나고 있었다. 하노이까지 일자리를 구하러 간다는 내 옆의 남자는 새우처럼 몸을 접고 꾸벅꾸벅 졸았다. 그러다가 더는 못 참겠는지 바닥에 신문지를 펼치더니 그 위에 벌렁 드러누웠다. 그렇게 좌석과 좌석 사이에서 바닥 잠을 자는 사람들이 군데군데 눈에 띄었다. 문득 6, 70년대 우리나라의 열차 안 풍경이 떠올랐다.

잠시 풋잠이 들었다 깨어보니 서양 여자와 청년의 자리가 바뀌어져 있었다. 우연히 그녀와 시선이 마주쳤다. 그녀가 내게 미소를 보내왔다. 나를 기억하고 있는 걸까?

"며칠 전 하노이의 로터스 게스트하우스에 머문 적이 없던가요?" 먼저 입을 연 것은 나였다.

"맞아요. 실은 나도 아까부터 긴가민가했어요. 다시 만나서 반가워요."

"어디에서 오는 길이죠?"

"사파에 갔었어요. 당신은요?"

"나도 그곳에서 오는 길이에요."

"벨기에에서 온 소냐라고 해요."

"미스터 김입니다. 한국에서 왔습니다."

"그래요? 난 당신이 일본인인 줄 알았어요."

"그럴 만도 하죠. 시클로 기사들한테도 가끔씩 일본말로 인사를 받곤 해요."

"시클로들, 정말 진득해요. 언젠가 사이공에서 길을 가는데 시클로 한 대가 졸졸 따라오는 거예요. 난 시클로 기사에게 타지 않겠다고 알아듣게 말했죠. 그리고 돌아서서 한참을 걸었어요. 뭔가 이상한 느낌에 뒤를 돌아보니 그 시클로 기사가 멀찌감치 서서 웃고 있는 거예요. 얼마나 당황스럽던지……"

그녀의 입에서 흘러나오는 유창한 영어는 미처 내 귀에 닿기도 전에 혼다 오토바이처럼 쌩하니 달아나버렸다. 본의 아니게 나는 그녀에게 몇 번이고 발음 연습(?)을 시켰다. 나도 못된 시클로 기사를 만나 가슴 벌렁 벌렁할 만큼 다퉜던 일을 토로했다. 그리고 내 나름대로 터득한 시클로 타는 요령을 그녀에게 알려주었다.

시클로 기사들이 여행자들을 죽어라고 따라다니는 이유는 간단하다. 돈을 벌어야 하니까. 그들의 포기할 줄 모르는 집념을 나는 십분 이해한다. 오늘의 그들은 우리가 힘들게 살아온 삶과 너무나 닮아있다. 그들은 곧 우리의 자화상인 것이다.

그녀와 이런저런 얘기를 주고받는 사이 기차는 하노이 역으로 들어서고 있었다. 사람들은 밤새 헝클어진 머리칼을 추스르고 짐 꾸러미들을 챙기느라 부산을 떨었다. 시계는 4시 반을 가리키고 있었고, 차창 밖은 아직도 칠흑같이 어두웠다.

"어디로 가려고 해요?"
소냐가 물었다.
"싸구려 호텔이 모여 있는 구시가 쪽으로 가려고요."
"나도 일전에 묵었던 항박 거리의 게스트하우스로 가려고 해요."
"잘 됐군요. 같이 가실래요?"
"좋아요!"

역 앞은 시클로와 오토바이 택시들이 앞다퉈 손님을 잡으려고 북새

통을 이루고 있었다. 우리는 겹겹으로 둘러싼 호객꾼들의 포위망을 뚫고 나와 도로를 가로질러 냅다 뛰었다. 그리고는 이내 촉수 낮은 가로등 아래 하노이 시내지도를 펴놓고 방향을 가늠한 뒤 구시가 쪽으로 걸음을 옮겼다. 어두운 거리에서 길을 찾기란 마음처럼 쉽지가 않았다.

"소냐, 우리 그냥 길바닥에서 자는 게 어때요?"
"그것도 좋은 선택이겠네요. 하지만 지금 쓰러지면 내일 해가 중천에 떠서야 일어날 텐데요. 아, 내 앞에 돈은 많이 쌓여 있겠네요."
"정말 그런 일이 벌어질까 생각하니 재미있군요."

소냐가 웃으며 대꾸하려는 순간, 맞은편에서 여자 하나가 걸어왔다. 나는 냉큼 여자에게로 달려갔다. 그리고 알량한 베트남어 실력으로 길을 물었다. 여자는 앞으로 곧장 가다가 오른쪽으로 방향을 꺾으라는 시늉을 했다.

"자, 지금부터 나만 따라오면 그대는 안락한 보금자리를 찾게 되리라!"
내가 의기양양하게 말했다.
"당신은 어디서 베트남 말을 배웠죠?"
"배우긴요. 여행에서 요긴하게 쓰이는 문장들을 외워두었다가 기회 있을 때마다 사용하는 것뿐이죠."
"베트남 말은 너무 어려워요. 그들이 하는 말은 마치 새가 지저귀는 것 같으니 말이에요. 아니, 그런데 우리가 언제 항박에 도착한 거죠?"

그러고 보니 우리는 어느새 항박 거리를 활보하고 있었다. 구시가에 들어선 것이었다. 36개의 거리를 거느리고 있다고 해서 '36통로'라고 이름 붙여진 이곳 구시가의 역사는 13세기 쩐 왕조까지 거슬러 올라간다. 옛날 이곳에는 36개의 상인 조직이 있어 조직별로 구역을 담당해 물건을 팔았다고 한다.

지금도 이곳에서는 거리의 수만큼이나 각양각색의 물건들이 거래되고 있다. 파는 물건의 이름이 그대로 거리 이름으로 쓰인다. 이를테면 포 항 차오(Chao : 죽), 포 항 붕(Bung : 국수), 포 항 봉(Bong : 목화), 포 항 박(Bac : 은) 등등. 항(Hang)은 상품을 뜻하고, 포(Pho)는 작은 거리를 의미한다.

"저쪽에 가서 뭐 좀 마시고 갈래요?"
소냐가 길 건너편의 불빛을 가리켰다.

비좁은 카페에 자리를 잡고 앉아 우리는 따뜻한 밀크티를 주문했다. 차의 향긋한 내음과 달콤함이 육신의 피로를 거두어갔다. 소냐는 눈을 지그시 감았다. 행복한 듯 그녀의 입꼬리가 살짝 치켜 올라갔다. 아직도 어둠이 걷히지 않은 거리를 사람들이 간간이 유령처럼 오갔다.

소냐는 이미 남부의 호찌민 시를 시작으로 메콩델타와 구찌 땅굴, 달랏, 냐짱 등지를 섭력했단다. 그녀는 하노이에서 하룻밤을 보낸 뒤 곧장 2박 3일간의 하롱베이 투어에 나설 계획이라고 했다. 그 다음엔 닌빈

에 가서 하루쯤 머물다가 다시 하노이로 돌아와 마지막 여행지인 싱가
포르로 떠날 생각이라고 했다.

"미스터 김은 피아노를 잘 칠 것 같네요."
"왜 그렇게 생각하죠?"
"손가락을 보니, 그럴 것만 같아요."
"미안하지만, 틀렸는걸요. 기타는 조금 배웠지요."
"저는 음악을 많이 좋아해요."
"어떤 장르를 좋아하죠?"
"클래식과 록음악을 특히 좋아해요."
"좋아하는 록 가수 있어요?"
"핑크 플로이드와 다이어 스트레이트요."

소냐는 묻지도 않은 자신의 나이를 밝혔다. 올해 30살이란다.
"결혼은 했나요?"
"얼마 전에 이혼했어요. 남편은 인도네시아 사람이었죠."
"그런데…… 왜?"
"문화적인 차이 때문이에요."
그녀는 말을 끊었다. 찻잔을 든 그녀의 손이 미세하게 떨렸다. 나는
더 이상 묻지 않았다. 잠시 침묵이 우리를 갈라놓았다. 조금 어색해진 틈
을 타 내가 담뱃불을 붙이며 입을 열었다.

"지금까지 여행한 곳 중에서 어디가 가장 좋았나요?"

"그야 물론 메콩강이죠. 유람선 위에서 나는 영화 '연인'에 나오는 여자 주인공처럼 설레는 마음을 가눌 수가 없었답니다."

"옆에 혹시 부잣집 중국 청년은 없던가요?"

"불행히도, 없더군요. 하지만 황톳빛으로 유유히 흐르는 강, 그 대자연 속에 동화되어 살아가고 있는 사람들의 소박한 미소 속에서 삶의 여유를 보았죠. 나 스스로를 되돌아 볼 수 있었던 아주 귀한 시간이었어요. 당신은 좋은 풍경을 카메라에 많이 담았나요?"

"그림 같은 풍경에 빠져 헤엄치기에 바쁜데 셔터를 누를 시간이 어디 있겠어요?"

"하하. 그럴 만도 하죠. 그런데, 한국은 베트남과는 많이 다르겠죠?"

"네. 우선, 한국은 이곳과는 달리 사계절이 있고요. 경제적으로는 한국이 조금 더 앞서 있다고 할 수 있겠네요. 하지만, 두 나라는 서로 유사한 면이 많아요. 옛날에 중국과 수없이 부딪히면서 교류해왔고, 각각 일본과 프랑스로부터 식민통치의 수난을 겪은 것도 비슷하죠. 특히 중국으로부터 흘러 들어온 유교 사상의 영향으로 두 나라 모두 체면과 형식을 중시하는 경향이 있죠."

"한국은 지금 남과 북으로 갈라져 있지 않은가요?"

"그래요. 과거에 베트남이 남북으로 갈라져 있었던 것처럼. 그런데, 베트남은 더 이상 분단국가가 아니잖아요. 나로서는 참 부러운 일이죠."

"동, 서독의 견고한 벽이 하루아침에 무너져 내렸듯이 한반도도 곧 하나가 될 거라고 믿어요."

"그렇게 말해주니 고맙네요."

베트남, 길 위의 산책자

이제 어둠이 완전히 걷히고 거리는 활기를 띠기 시작했다. 게스트하우스를 찾아나서야 할 시간이었다. 소냐가 지갑에서 돈을 꺼내려 했다. 나는 재빨리 일어나 찻값을 치르고 거리로 나왔다. 날이 밝아오는 항박 거리에서 소냐와 나는 작별 인사를 나눴다.

"미스터 김, 즐거운 여행이 되길 바래요. 그리고, 한국이 빨리 통일이 되기를 진심으로 바래요."
"고마워요. 소냐의 앞길에 행운이 있기를!"

하롱베이에서 윤선도가 되다

혼가이(Hon Gai)의 나지막한 산등성이 위로 아침해가 발그레한 볼을 내밀었다. 나는 호텔문을 박차고 나와 바이차이(Bai Chay)의 해안도로로 걸어 내려갔다. 12월이라지만, 한국의 초가을 같은 날씨가 배 유람을 하기엔 안성맞춤이었다.

수도 하노이로부터 동쪽으로 160여 km 떨어진 이곳 하롱베이에 도착한 것은 어제 저녁 무렵이었다. 버스에서 내려 바다 내음을 맡을 겨를도 없이 나는 '꽁'이라는 청년에게 붙들렸다. 그리고 그의 독특한 베트남식 영어발음의 집중포화를 견뎌낸 덕분으로 하롱베이 앞바다를 한눈에 조망할 수 있는 호텔방을 단돈 5달러에 얻는 횡재를 만났다. 물론 방값을 깎기 위해 순수 청년 꽁에게 술수(?)를 부리긴 했지만, 그건 어디까지나 서로에게 이로운 협상이라고 해도 무방했다.

"꽁, 내가 한국에 돌아가면 너희 호텔 '굿(Good)'이라고 인터넷에 올릴 거야. 우리나라 인터넷 인구가 얼마나 되는 줄 알아?"
"좋아요. 당신을 위해 특별히 할인해 드릴게요. 대신에 근사하게 우리 호텔을 소개해줘야 해요."

"물론이지."

나는 바닷바람이 솔솔 불어오는 하롱 거리를 휘적휘적 걸어서 유람
선 선착장까지 갔다. 젊은 호객꾼 하나가 나에게 접근해왔다. 20달러만
내면 네 시간 동안 맘껏 뱃놀이를 즐길 수 있단다. 내가 "닷 꽈!(너무 비
싸!)"라며 입을 쩍 벌리자, 호객꾼이 내 베트남어 발음을 흉내내며 킬킬
웃었다.

하노이의 무수한 카페들 중 한 곳을 골라 미리 단체투어를 신청했
더라면 5달러쯤으로 단번에 끝냈을 터. 하지만, 조건이나 제약이 따르는
여행에 알레르기를 보이는 나는 애초부터 단체투어는 염두에 두질 않았
다. 게다가 여럿이 몰려다니며 내가 원하는 사진을 찍는다는 건 무망한
일이다.

마침 호주에서 온 '대니'라는 청년을 만나 1인당 7달러씩 주고 배
를 빌리기로 했다. 그런데, 호객꾼은 두 시간으로 유람 시간을 못 박으려
고 했다. 네 시간이 아니면 다른 배를 알아보겠다며 협공을 편 나와 대니
앞에 마침내 그는 두 손을 들고 말았다.

입장표를 사가지고 선착장으로 들어가니 유람선들이 줄을 지어 관
광객을 기다리고 있었다. 마치 사열을 받는 병사들 같다고나 할까. 하나
같이 배의 머리 부분을 용으로 화려하게 치장해 놓은 모습들도 이채로

왔다. 부리부리하게 치켜 뜬 용의 눈은 마치 살아있는 듯 위용을 보여 주었다.

　우리나라처럼 베트남에서도 용은 신령한 동물로 인식돼왔다. 중부의 유서 깊은 도시 후에 있는 왕궁이나 왕묘에 가면, 기와를 올린 옛 건

축물의 용마루에서 금방이라도 비상할 것만 같은 용의 자태를 감상할 수가 있다. 용에 대한 설화나 전설이 지방 곳곳에 남아 있는 것 역시 우리나라와 유사하다. 하롱베이에도 그 신비로운 용의 자취가 지금까지 남아 있다.

옛날 옛적에, 적들이 이곳 바다로 쳐들어왔다. 그러자, 하늘에서 어미 용과 그 새끼들을 내려보냈다. 용들은 입에서 수천 개의 보석을 뿜어냈다. 보석들은 곧 바다 위에서 거대한 바위로 변했다. 적의 배들은 그 바위에 부딪혀 지리멸렬했다. 적이 물러간 뒤 용들은 모두 그곳에 남아 있기로 했다. 그 뒤로 사람들은 용들이 내려온 곳을 가리켜 '하롱(下龍)'이라고 불렀다.

1,566km^{2}에 달하는 하롱 만에는 3천여 개의 섬들이 흩어져 있는데, 이름이 붙여진 섬만도 9백 개 정도에 이른다. 유네스코는 이 일대 788개의 섬과 함께 434km^{2}에 이르는 구역을 세계 자연 유산의 일부로 인정했다.

우리를 태운 목선은 원래 고깃배였던 것을 갑판 언저리를 개조해 긴 의자를 서로 마주보도록 해놓고, 비와 햇볕을 피할 수 있게 차양을 드리워 그럭저럭 유람선의 태가 났다. 배에는 선장을 비롯해 우리와 흥정을 벌이던 20대 중반의 남자, 그리고 수더분한 인상의 그의 아내까지 세 명이 올랐다. 대니와 나까지 포함하여 모두 다섯 명이 한 배를 탄 셈이었다.

반바지 차림에 청색 야구모자를 푹 눌러쓴 대니는 통통하니 살이 오른 새끼 돼지 같았다. 집을 떠난 지 한 달이 넘었다는데, 일주일 뒤 여행을 마치고 호주로 돌아가면 집이나 제대로 찾을 수 있을지 걱정이라며 넉살을 떨었다.

"집을 못 찾으면 한국으로 와. 내가 재워줄게."
"나는 여자가 없으면 한시도 잠을 잘 수가 없어요."
"다 큰 애가 매일 엄마랑 자는구먼."
"그건 아니죠."

대니와 농담을 주고받는 사이에 배는 선착장을 벗어나 잔잔한 물결을 가르며 바다 한가운데로 나아갔다. 바다라기보다는 차라리 망망한 호수 같다는 생각이 들었다. 저 멀리 가로누워 있는 섬들이 아침 햇살을 받아 희뿌옇게 아른거렸다. 날씨에 따라 혹은 시간의 흐름에 따라 섬들은 온갖 형상으로 제 몸을 바꾸고 있었다.

그렇게 한동안 눈 둘 곳을 몰라 하고 있을 때였다. 거룻배 하나가 다가오더니 우리 배의 옆구리에다 몸을 찰싹 붙였다. 부부 한 쌍이 타고 있는 배에는 조개와 갯가재, 그리고 꽃게 등속이 둥그런 함지박 안에서 꼬물거리고 있었다.

배 앞쪽에서 비스듬히 몸을 누인 채 바다만 응시하던 대니가 뒤늦게 먹거리를 발견하고는 득달같이 달려왔다. 여자 상인과 밀고 당기는 홍정 끝에 그는 가재 여섯 마리를 샀다. 그리고 그 가재들은 곧 바로 우리와 함께 동승한 여자의 손으로 넘어갔다. 이제 대니에겐 주방장의 숨은 요리 솜씨를 느긋하게 식탁에 앉아서 평가하는 일만 남아 있었다.

잠시 후, 우리가 탄 배는 절묘한 형세를 이루고 있는 다우고 섬에 다다랐다. 먼저 와 닻을 내린 여러 척의 유람선들이 쉬고 있었다. 그 유람선들 사이에는 영화 '인도차이나' 에서 본 듯한 황포돛배가 우아하게 맵시를 뽐내고 있었다.

"대니, 동굴 구경하러 안 갈거야?"
"먼저 가세요. 난 가재 먹고 천천히 갈게요."

대니는 삶은 가재 요리에 코를 박은 채 씩씩거리기 시작했다. 빈말이라도 같이 먹자고 하면 안 되나? 인정머리 없는 녀석 같으니라구. 배에서 내려 앞서가는 관광객들의 꽁무니를 따라 계단을 조금 오르니 곧 동굴 하나가 나타났다. 의외로 동굴은 퍽 넓었다. 신묘한 종유석과 석순들 주위로 빨강, 노랑, 초록 등 색색의 조명이 빛을 발하며 환상적인 그림을 만들어내고 있었다. 아마 연옥이나 천당이 있다면 이와 비슷한 풍경일까?

이 동굴은 베트남의 민족 영웅인 '쩐 홍 다오' 라는 장군과 연관돼 있었다. 13세기 말 몽고군이 베트남에 세 번째 침입을 감행했을 때다. 쩐 홍 다오는 미리 이 동굴에 숨겨두었던 끝이 뽀족한 나무 말뚝들을 강바닥에 박아놓고는 만조 때 몽고군을 상류로 유인했다. 그리고 간조 때를

틈타 일제히 공격했다. 적의 배들은 나무 말뚝에 부딪혀 구멍이 나면서 침몰하는 등 커다란 손실을 입고 퇴각했다.

말하자면, 쩐 홍 다오는 우리나라의 이순신 장군 같은 인물이었다. 남녀노소 할 것 없이 베트남인들에게 존앙의 대상이 되고 있는 영웅이다. 그리하여 역사적인 인물을 거리의 이름으로 부활시키는 베트남의 웬만한 도시에는 '쩐 홍 다오' 거리가 꼭 들어있다.

배는 다시 우리 일행을 태우고 유유히 섬들 사이를 유영하기 시작했다. 저만치 기암절벽으로 에워싸인 에메랄드빛 바다 위에 수상가옥이 한 채 떠 있었다. 쪽배도 하나 보였다. 이제 8, 9살이나 되었을까 싶은 사내아이가 자신보다 훨씬 어린 아이 하나를 태우고 태연스레 노를 젓고 있었다. 둘은 형제인 듯싶었다.

바다에서 나서 바다에서 자라는 아이들. 바다가 거의 삶의 전부인 아이들. 1년 365일을 바다만 바라보며 사는 저 아이들은 이 세상을 어떻게 머릿속에 그리고 있을지 일순 궁금해졌다. 꿈속에서조차도 저 아이들은 파란 바다를 만지며 놀고 있는 건 아닐까?

천태만상의 섬들이 눈앞으로 다가오는가 싶더니 다시금 주춤주춤 뒤로 물러난다. 손가락 크기만 한 고기들이 배 옆으로 빠르게 헤엄쳐간다. 윤선도의 '어부사시사' 한 대목이 머리를 스친다.

"동풍이 건듯 부니 믉결이 고이 닌다/돈 다라라 돈 다라라/동호를 도라보며 서호를 가쟈스라/지국총 지국총 어사와/ 압뫼히 디나가고 뒫뫼히 나아온다"

미소가 아름다웠던 라이 따이한 청년

9월 어느 날이었다. 그날 밤 나는 장시간의 버스 여행 끝에 베트남의 유명한 휴양도시 냐짱(Nha Trang)에 도착했다. 허기진 배를 먼저 채워야 할지, 아니면 고단한 몸을 쉬게 할 숙소부터 물색해야 할지를 결정하지 못한 채 어둑신한 해안도로를 따라 걷고 있을 때였다. 그때, 불현듯 내 시야 속으로 들어온 아리랑 한국 음식점.

처음엔 실내에 불이 꺼져 있어서 그냥 지나칠까 했었다. 한데, 실제인지 환각인지 모를 된장찌개 냄새에 미혹돼 부지불식간에 나는 식당 안으로 발을 들여놓고 말았다.

젊은 남자 하나가 모습을 드러냈다. 그는 얼른 실내에 불을 켜고 식탁 위에 얹어놓았던 의자들을 바닥에 도로 내려놓으며 내게 자리를 권했다.

"늦었지만, 밥 좀 먹을 수 있을까요?"
"물론이죠. 근데, 어디서 오셨어요?"

"한국에서 왔습니다."

"냐짱은 처음이신가요?"

"그렇습니다."

메뉴판에 빼곡히 적힌 한국 음식들이 그렇게 반가울 수가 없었다. 나는 된장찌개를 주문했다. 젊은 남자는 곧바로 주방 쪽으로 가서 누군가에게 주문 음식을 알려주곤 이내 돌아왔다.

얼굴이 둥글둥글한 청년이었다. 그는 영어를 곧잘 구사했다. 자기 아버지한테서 배웠단다. 그는 자기가 한국인 아버지와 베트남인 어머니 사이에서 태어났다고 했다. '라이 따이한'이라는 것이다. 베트남 이름으로는 '륵'이며, '정 아무개'라는 한국 이름 − 한국말은 못했지만 자신의 이름 석 자만큼은 또박또박 공책에 써 보였다 − 도 갖고 있었다.

구수한 된장찌개로 오랜만에 입맛을 되찾은 나는 륵에게 가난뱅이 배낭족에게 어울릴만한 호텔을 하나 소개해 달라고 부탁했다. 그러자, 그는 당장 어딘가로 전화를 걸었다. 그리고는 곧장 나를 가까운 게스트하우스로 데려다주었다. 그는 2층의 방까지 따라와 욕실에 온수가 나오는지, 선풍기는 제대로 작동하는지 꼼꼼히 확인했다. 밤거리는 위험하니 특별한 일이 없으면 외출하지 말 것을 신신당부하기도 했다. 첫 만남부터 아주 호감이 가는 친구였다.

다음날 저녁 늦은 시간에 나는 다시 륵의 식당으로 찾아갔다. 종업원이 차려준 저녁 밥상을 물리고 난 뒤 나는 식당 앞에 의자를 내놓고 륵과 나란히 앉았다. 바다 건너에서 불어오는 짭짜름한 바람이 부드럽게 온몸을 휘감아왔다. 짙은 그림자를 드리운 채 조용히 숨을 고르고 있는 야자나무들, 그리고 그 너머에서 키질하듯 들려오는 파도 소리가 여간해선 잊혀지지 않을 그런 밤이었다.

밤 정취에 흠뻑 젖어있는 나를 위해 륵이 맥주를 내왔다. 우리는 두런두런 얘기를 나누며 술잔을 기울였다. 술이 거의 바닥을 보일 즈음 륵은 영화와도 같은 자신의 가족 얘기 한 토막을 들려주었다.

베트남 전쟁 속에서 륵의 어머니는 베트남에 일하러 온 한국 남자와 만나 결혼을 하였다. 아이들도 낳았다. 그런데, 1975년 사이공이 함락되기 직전 남자는 사랑하는 처자들을 놔두고 한국으로 훌쩍 떠나버렸다. 이 땅에 남겨진 가족들이 치러내야 할 혹독한 대가를 예견조차 못하고……

그의 어머니가 생사를 모르던 한국인 남편을 다시 만나게 된 것은 한국의 한 방송 때문이었다. 어느 방송사에서 라이 따이한에 관한 다큐멘터리를 방영했을 때 륵의 어머니가 그 TV 화면에 보였던 것이다. 한국에서 우연히 이 방송을 보게 된 남편이 며칠 뒤 베트남으로 건너와 부부의 극적인 재회가 이루어졌다.

륵의 아버지는 한국에서 재혼하여 부산 어딘가에서 살고 있으며,

일 년에 한두 차례 베트남의 가족들을 만나러 온다고 했다. 어머니는 몸소 운영해 온 식당을 아들에게 물려주고는 북쪽의 닌호아 부근에다 식당을 새로 열었단다.

륵은 호찌민에서 운전을 하던 일이며, 한국의 한 지방 대학교에 기술 연수차 방문했다가 처음으로 맞대면한 겨울 동장군에 혼쭐이 났던 일이며, 냐짱에 놀러온 한 한국 남자가 호텔 숙박비를 떼먹고 몰래 야반도주를 한 일 등을 두서없이 얘기했다.

그러고 나서, 잠시 침묵을 지키던 그가 한국에 있는 형을 만나게 되면 한국말로 뭐라고 불러야 하는지 물어왔다. 나는 '형'이란 말을 가르쳐주었다. 좀 더 공손한 표현으로 '형님'이라고도 부른다고 일러줬더니 그는 내 앞에서 '형님', '형님'을 연발했다. 나는 장난기가 발동하여 "오냐, 오냐!" 하고 대답해줬다. 그와 내가 창졸간에 형제의 연을 맺는 순간이었다.

다음날 오전, 나는 한국에서 가져온 가요 테이프 한 개를 륵에게 기념 선물로 주었다. 그는 그 자리에서 음악을 틀어놓곤 아주 흡족해했다. 어쩌다 지나가는 길에 잠깐 식당에 들르기라도 하면 그는 활짝 웃는 얼굴로 맞으며 내가 준 테이프를 동네가 떠나가도록 크게 틀어주었다. 웃을 때마다 수줍은 듯 드러나는 덧니가 그의 매력 포인트였다.

한번은 어느 여가수의 '슬픈 인연'이란 곡이 흘러나오자 그는 눈빛을 반짝이며 엄지를 곧추세웠다. 노래가 너무 심금을 울린다면서. 노래 제목을 묻는 그에게 ' 인연이란 말이 영어로 퍼뜩 떠오르질 않아 ' sad relation' 이라고 얼버무렸는데, 다행히도 알아들었다는 듯 고개를 끄덕였다. 역시 한국인의 정서가 그의 몸 어딘가에 깃들어있는 모양이었다.

냐짱을 떠나던 날, 륵은 나를 위해 식당 앞에 시클로를 대기시켜 놓는 세심한 마음 씀씀이로 나를 놀라게 했다. 한 술 더 떠, 그는 내가 버스터미널을 못 찾을까 염려해 식당의 남자 직원에게 배웅해주도록 요청했다. 나로서는 감히 생각지도 못 할 일이었다.

두 번째 만나던 날 밤에 륵과 나는 며칠 뒤 냐짱 앞바다에서 뱃놀이를 하기로 약속했었다. 그런데, 내가 갑작스런 일로 냐짱을 떠나게 되는 바람에 그와의 약속은 그만 허공으로 뜨고 말았다. 륵은 뱃놀이를 함께 못하게 된 걸 못내 아쉬워했다. 나도 많이 아쉽고 미안했지만 다른 방도가 없었다.

"항상 웃는 네 얼굴이 난 마음에 들어. 어떤 일이 있어도 그 수백만 불짜리 미소는 잃지 말았으면 좋겠어."
"고마워요. 다음엔 뱃놀이 꼭 함께해요. 그리고 여행 무사히 마치고 돌아가세요."

그날 우리는 그렇게 헤어졌었다. 그리고 한 해가 흘렀다. 내가 다시 륵의 식당을 찾아갔을 때 그는 더 이상 그곳에 없었다. 예전에 륵의 식당에서 일을 거들던 젊은 여자가 두 분의 할머니의 도움을 받으며 근근이 식당을 꾸려가고 있었다.

나는 후띠유(국수의 한 종류) 한 그릇을 시켜놓고 젊은 여자로부터 특에 대한 안타까운 소식을 들을 수 있었다. 특은 오래전부터 경영난에 시달려오던 식당에서 손을 떼고 어머니와 함께 호찌민 시로 갔다는 것이다. 그는 그곳에서 쎄옴(오토바이 택시)로 새로운 도전의 문을 열었으며, 그의 어머니는 공장에서 식당 일을 하고 있다고 했다.

나는 식당을 나오자마자 곧 해변으로 향했다. 작은 파도가 하얗게 부서지고 있었다. 불현듯, 사람이 산다는 게 저 부서지는 파도처럼 허망한 일이 아닐까, 하는 생각이 들었다. 부서지면서도 끊임없이 또 달려드는 파도. 그게 파도의 숙명이리라.

다시 찾은 이틀간의 냐짱 여행은 내게 허허로운 시간들만 허락해줬다. 야자수 줄지어 선 아름다운 백사장도, 공룡 발자국이 남아있는 홍쫑 해변의 풍광도, 고색창연한 참파 유적도 내 눈엔 거의 안 들어왔다. 아이처럼 순박한 특의 웃음과, 웃을 때마다 살포시 드러나곤 하던 그 덧니의 잔상만이 내가 가는 곳마다 그림자처럼 줄곧 따라다닐 뿐이었다.

베트남, 길 위의 산책자

로빈 윌리엄스를 닮은 남자

수도관이 터졌는지 미엔타이 버스 터미널 주변은 온통 물바다였다. 전기마저 끊겨버린 컴컴한 거리의 한 귀퉁이에 서서 발만 동동 구르고 있을 때였다. 갑자기 어둠을 뚫고 오토바이 택시 하나가 구세주처럼 나타났다. 살았구나, 하는 심정으로 나는 그 오토바이의 뒷자리에 껑충 올라탔다.

"데탐 거리로 갑시다!"

호찌민(舊 사이공)에서 오토바이를 탈 때는 긴장의 끈을 바짝 죄어야 한다. 거리로 쏟아져나온 오토바이들로 홍수를 이루는 출퇴근 시간을 전후해서는 더욱 그렇다. 뒷자리에 탔다고 해도 마음을 절대 놓아선 안 된다. 한눈을 팔다가는 언제 접촉사고가 날지 모른다.

더군다나 이 도시에서 두 번씩이나 소매치기를 당할 뻔했던 기억은 무의식중에 나를 움츠러들게 만든다. 이런 종류의 긴장감이 감미로운 여행을 방해하는 내부의 적이란 걸 알면서도 툭툭 털어내질 못한다. 진정한 여행자가 되려면 난 아직도 멀었나 보다.

자신의 이름이 '록'이라고 밝힌 이 남자. 어딘지 모르게 영화 '굿모닝 베트남'의 주인공 로빈 윌리엄스를 닮은 모습이었다. 혹시 혼혈이 아닐까, 생각을 굴리고 있을 때 그가 불쑥 나를 자기 집에 초대하고 싶다고 말했다.

만난 지 채 몇 분도 안 된 이방인을 자기 집으로 초대하겠다니, 이 밤중에! 잠시 마음의 갈등이 일었다. 그런데, 누를수록 자꾸만 고개를 쳐드는 되바라진 모험심을 나는 통제할 수가 없었다. '에라, 나도 모르겠다. 될 대로 되라지.'

내 오케이 사인에 신이 났는지 록 씨는 시내 방향으로 빠르게 오토바이를 몰았다. 퇴근 시간대가 훨씬 지났는데도 도로는 오토바이의 물결로 넘실거렸다. 다른 오토바이들이 옆을 스칠 때마다 나도 모르게 단말마의 비명이 입 밖으로 새나왔다.

아슬아슬한 곡예 운전 끝에 우리는 오토바이 한 대가 겨우 통과할 만큼 좁은 골목으로 들어섰다. 슬레이트로 낮게 지붕을 올린 집 앞에 자그마한 체구의 할머니가 앉아 있었다. 록 씨의 어머니였다.

"씬 짜오?(안녕하세요?)"

인사를 건네자, 노인의 주름진 입가에 엷은 미소가 번졌다. 록 씨는 곧장 메모지를 가져와 책상 앞에 앉았다. 그리고는 자신의 이름과 주소와 전화번호를 일사천리로 적어내려갔다. 문서에 서명을 하는 외교관처럼 근엄한 표정을 짓고 있는 그를 내려다보며 나는 삐져나오는 웃음을 간신히 참았다. 나도 그와 똑같이 문서(?)를 작성한 뒤 서로의 것을 교환하는 순서로 자기소개 의식은 끝났다.

메모지를 조심스럽게 접으며 록 씨는 나를 뒷방으로 안내했다. 작은 방에는 낮은 침대 하나와 낡은 철제 캐비닛이 덩그러니 놓여 있었다. 사방의 벽은 달력으로 어지럽게 도배되어 있었는데, 그나마도 군데군데 풀기가 떨어져 너덜너덜했다. 아예 한쪽 귀퉁이는 벽돌이 흉한 맨살을 드러내놓고 있었다.

"오늘, 이곳에서 잠을 자도록 해요."
"여기는 당신이 잠자는 방 아닌가요?"
"나는 거실 침대에서 자는걸요. 어머니는 항상 거실 바닥에서 주무시고요. 그러니 아무 염려 말고 쉬도록 해요."

이렇게 해서 나는 얼떨결에 록 씨의 집에서 처음으로 민박을 하게 되었다. 외국인이 현지인의 집에 체류하려면 미리 공안(경찰)의 허가를 받아야 한다는 것쯤은 인지하고 있었지만, 아무런 문제가 없다고 거듭 주장하는 록 씨에게 나는 더 이상 반기를 들지 못하고 짐을 풀었다.

끈적거리는 더위를 참다못해 수돗가로 달려가 몇 차례 찬물을 뒤집어쓰고 나오자, 록 씨가 낡은 선풍기 하나를 내 앞에 갖다 놓아준다.

"아무리 봐도 당신은 로빈 윌리엄스를 닮았군요."
"……"
"미국의 유명한 영화배우인데, 혹시 '굿모닝 베트남'이란 영화를 본 적 있어요?"

베트남, 길 위의 산책자

록 씨는 금시초문이라는 듯 고개를 저었다.

"나는 10년도 넘게 인도네시아에서 살다가 92년에야 비로소 베트남으로 돌아왔어요."

"어떻게 인도네시아에 가게 되었죠?"

"나는…… 그러니까…… 난민이었거든요."

내가 놀란 표정을 짓자, 그는 술술 자신의 과거를 털어놓기 시작했다. 예상했던 대로 록 씨는 혼혈이었다. 미국인 아버지와 베트남인 어머니 사이에서 태어났다고 했다. 아버지가 NBC 방송국의 엔지니어여서 남부럽지 않은 생활을 영위하던 그의 가정에 어둠의 그림자가 드리워진 건 어느 날 아버지가 자기 나라로 훌쩍 떠나면서였다.

그 뒤로 얼마 안 돼 사이공이 함락되며 남베트남 정부는 무너졌다. 그때부터 록 씨는 잠을 편히 잘 수가 없었다. 미국인 아버지를 둔데다, 남베트남 정부의 전투경찰로 복무한 그의 전력 때문이었다.

결국, 그는 수십 명의 사람들과 함께 통통배를 타고 망망대해로 나섰다. 죽음을 각오한 결단이었다. 천신만고 끝에 그는 인도네시아의 한 섬에 발을 내려놓았다. 간신히 목숨은 건졌지만 뿔뿔이 흩어진 가족들에 대한 걱정과 하루 앞도 내다볼 수 없는 상황은 그를 또 다른 절망의 나락으로 몰아갔다.

그에게 실낱같은 희망의 전조가 보이기 시작한 것은 1989년에 와서

다. 바로 그 해에 베트남 난민 문제를 해결할 목적으로 UNHCR(유엔고등난민판무관실)의 주도하에 CPA(포괄적 행동계획)협정이 체결된 것이다.

CPA 협정은 베트남 인접 국가들이 유엔과 서방국가들의 재정적 지원을 받아 베트남 난민들이 다른 나라로 망명하거나 베트남으로 다시 귀국할 때까지 일시적으로 그들을 수용하는 것을 명시하고 있었다.

이때 말레이시아, 태국, 인도네시아, 필리핀, 홍콩 등 주변 국가에 흩어져 있던 베트남 난민은 12만 명에 달했다고 한다. 이들은 모두 해당 국가로부터 난민 심사를 받았으며, 그 가운데 3만 3천 명이 난민으로 판정돼 제3국에 정착할 수 있었다. 록 씨도 그 난민들 가운데 한 사람이었다. 소위 '보트 피플'이라고 명명되는 사람들.

80년대 말 베트남 정부는 '도이 머이'라는 개혁, 개방 정책을 추진하게 되었고, 오랫동안 해외에서 살던 베트남 난민들의 귀국 행렬이 줄을 잇기 시작했다. 록 씨도 외로운 타국 생활을 접고 꿈에 그리던 고국행 비행기에 몸을 실었다. 그때 유엔에서 받은 4백여 달러의 정착금이 고국에서의 새로운 삶에 큰 도움이 되었다고 그는 회고했다.

"당신의 아버지는 지금도 연락이 되나요?"
"92년부터 소식이 끊겼지요. 미국에서 새장가를 들었는데, 그 후로는 전화는 물론 편지 한 통 없는걸요. 어머니는 그런 아버지를 기다리며 여태껏 이 집을 지키고 있어요. 나의 아버지는 나쁜 사람이에요."

그는 아버지에 대한 증오와 원망의 감정을 숨기려 하지 않았다. 미국은 전쟁이 끝난 뒤 베트남에 남겨진 미국인 2세들을 본국으로 죄다 데려갔다는데, 무슨 까닭인지 록 씨는 그 대열에 끼지 못한 것이다. 어머니를 홀로 놔두고 차마 자기 혼자서만 미국으로 건너갈 수가 없었던 것일까? 아니면 다른 이유가 있는지도 모를 일이었다.

이렇다 할 재산이라고는 몇 해 전에 7백 달러를 주고 산 중고 혼다 오토바이가 고작인 록 씨. 그 오토바이 뒷자리에 사람을 태워 목적지까지 데려다주는 쎄옴(오토바이 택시)으로 두 식구가 근근이 살아간다. 하루 온종일 매연을 마시며 거리를 누비고서 손에 쥐는 것이래야 우리 돈 5천 원 안팎이다. 그럼에도 그는 항상 웃음을 잃지 않는다.

가난한 록 씨 모자는 집에서 밥을 지어 먹지 않았다. 그들이 끼니 대부분을 해결하는 곳은 골목 어귀의 느억맘(생선 발효 소스) 냄새 물씬 풍기는 노천식당이었다. 밖에서 사먹는 것이나 찬거리를 사다가 집에서 밥을 지어 먹는 것이나 비용 면에서 별반 차이가 없는데다, 연로한 어머니를 고생시키지 않으려는 록 씨의 효심이 근저에 깔려있는 듯했다.

그러고 보면, 베트남 사람들은 길거리에서 식사하는 걸 아주 자연스럽게 여긴다. 이른 아침부터 학교와 일터로 나서야 하는 상황에서 오랜 세월동안 그들만의 독특한 식습관으로 굳어진 풍경일 것이다.

나는 록 씨 모자와 골목 식당에서 아침 식사를 했다. 그리고 집에 돌아오자마자 록 씨는 보여줄 게 있다며 나를 화장실 뒤쪽의 어둑한 장소로 데려갔다. 그가 나무 궤짝의 하얀 천을 들춰내자 새장이 나타났고, 그 안에 비둘기 한 마리가 웅크리고 있었다.

"이게 웬 비둘기죠?"
"얼마 전에 길에서 잡았어요."
"그걸 어떻게 하려고요?"
"잡아먹어야죠."
"헉!"

록 씨는 태연자약하게 웃었다. 재미있는 사람이었다. 이제 그들과 헤어질 시간이 다가오고 있었다. 나는 두 사람과 함께 나누었던 소중한 시간을 오래 간직해두고 싶어 카메라를 꺼내들었다.

"록 씨, 당신 어머니와 함께 셋이서 사진 한 장 찍어요. 괜찮죠?"
"미안하지만, 그건 안 되겠어요."
"왜죠?"
"3(셋)이란 숫자는 베트남에서 불운을 의미하거든요."
"……."

주일마다 성당에 간다는 록 씨가 이런 말을 하다니, 나는 실소를 터뜨리고 말았다. 난처한 듯 록 씨는 어깨를 으쓱대면서도 얼굴만은 밝게

웃었다. 그의 어머니는 영문을 모르겠다는 표정으로 우리 둘을 번갈아
가며 쳐다봤다. 조금은 엉뚱한 록 씨, 가난하지만 미소가 아름다운 록 씨
와 나는 그렇게 아쉬운 작별을 했다.

베트남, 길 위의 산책자

닌호아, 백마부대 터를 찾아서

닌호아 역의 대합실은 빈집처럼 스산했다. 무심코 분 내 휘파람 소리 때문일까. 역무실에서 직원 하나가 나왔는데, 눈매부터가 예사롭지 않은 인상을 풍기는 사람이었다. 행여 거부감이라도 내비칠까 싶어 나는 최대한으로 공손한 자세를 갖춰 그에게 말을 붙였다.

"혹시, 하탄 마을을 알고 있습니까?"

역무원은 고개를 가로저었다. 나에 대한 경계의 눈빛이 완연했다. 여행자들의 왕래가 뜸한 곳이어서 그러려니 여기면서 나는 몇 마디를 보탰다. 그곳 마을에는 백마부대 참전 기념탑이 있고, 부근 어디엔가는 백마부대 사령부 터가 있다더라면서 다시 그의 반응을 살폈다.

"아, 하딴!"

한동안 나를 빤히 바라보던 역무원이 입가에 엷은 미소를 지으며 말했다. 나의 엉터리 베트남어 발음이 또 상대방의 머릿속을 잠시 혼란스럽게 만들었나 보았다. 4개의 성조를 가진 중국어도 까다롭다고들 하는데, 하물며 6개의 성조로 이루어진 베트남어는 말해서 무엇 하리! 나로서는 성조에 신경을 써 읊조렸다고 하지만 듣는 쪽에선 도통 무슨 소린지 모르겠다는 얼굴로 눈만 껌벅거렸던 게 어디 한두 번이었던가!

역무원은 기차가 곧 플랫폼으로 들어올 시간이라며 개찰구 쪽으로 달려갔다. 머쓱해진 나는 역 앞에 좌판을 벌여놓고 있는 여자들에게로 다가갔다. 한 여인이 바구니를 앞에 놓고 논라(베트남 전통모자)를 벗어 부채질을 하고 있었다. 바구니 안에는 눈에 익은 음식 같은 것이 보였는데, 그것은 반갑게도 꽈배기였다.

"이거 얼마예요?"

내 영어가 생소한지 젊은 여자는 당황하는 기색이었다. 나는 호주머니에서 비상용품(?)을 꺼냈다. 그건 일상적인 베트남어 낱말과 문장들을 간추려 적은 뒤 영어로 번역을 해놓은, 여행자들을 위한 포켓용 회화책이었다. 베트남 땅을 처음 밟던 해에 누군가 내게 선물로 준 것인데, 현지인과의 의사소통이 원활하지 않을 때마다 발군의 가치를 뽐내곤 하던 애물이었다.

상대방과 머리를 맞댄 채 묻고 싶은 말과 대답할 말을 찾아 책장을 넘기다 보면 시나브로 언어의 벽, 마음의 벽이 스르르 무너지곤 한다. 참으로 희한한 일이다. 이런 건 내가 미처 생각지도 못한 또 다른 여행의 별미라고나 할까?

물건값을 치르고 나자 여자가 슬그머니 내 손아귀에서 책을 앗아간다. 그리고는 이내 두어 개의 문장을 손가락으로 짚어 내 코 앞에 들이댄다.

"어느 나라에서 왔어요?"

"한국에서요."

"결혼했어요?"

"아뇨."

그녀는 옆에 앉아 있는 젊은 여자를 가리키며 키들키들 웃었다. 여기 당신과 같은 부류의 인간이 있으니 둘이 연이라도 맺어보는 게 어떻겠느냐는 의미심장한 웃음이었다. 졸지에 놀림을 받은 여자는 황망히 손바닥으로 낯을 가리고는 어쩔 줄을 몰라 했다.

그때, 역무원이 다시 모습을 드러냈다. 사람들이 역무원과 내 주위로 모여들었다. 여자들로부터 내가 한국에서 왔다는 말을 듣고 남자는 피식, 코웃음부터 날렸다. 그 웃음이 못마땅해 내가 따지듯 물었다.

"왜 웃는 거죠?"

"난 당신이 유럽에서 온 줄 알았어요."

"내가 유럽 사람으로 보입니까?"

"한국 사람들은 대개 눈이 옆으로 쭉 째졌는데, 당신은 그렇질 않아서요."

예상치 못한 대답에 나는 그만 웃음을 터뜨리고 말았다. 역무원도 흐득흐득 따라 웃었다. 웃음을 거둔 그가 다시 냉정을 되찾고 입을 열었다. '따이한'(베트남전 당시 월남 사람들은 한국인을 이렇게 불렀다)에 대한 얘기였다.

오래전에 자신이 살고 있던 마을에서 동네 아이들에게 태권도를 가르쳐주고 친구처럼 놀아주던 군인 아저씨가 아직도 기억에 남아 있다는 것이었다. 따이한에 대해 좋은 감정을 아직 간직하고 있는 사람이 있다니 나에겐 고맙고도 고무적인 일이었다.

"백마부대 터엔 무엇 때문에 가려고 하죠?"

"뭐, 특별한 이유가 있는 건 아니에요. 냐짱에 왔다가 문득 생각이 나서 들러보려는 것뿐이지요."

나의 아버지가 옛날에 그곳에서 복무했다는 말은 하지 않았다. 딱히 무슨 이유가 있어서라기보다는 아무래도 얘기가 길어질 듯해서였다.

"그렇군요. 구경 잘하고 돌아가세요."

그는 오토바이 택시를 불러 기사에게 내가 가야 할 곳을 소상히 가르쳐주었다. 나는 음료수 한 병을 사서 극구 마다하는 역무원의 가슴에 내던지다시피 안기고 그곳을 떠났다. 처음부터 선입견으로 그를 대했던 나의 용렬함에 자책과 반성의 화살을 날리면서…….

오토바이는 1번 국도를 따라 거침없이 달렸다. '무기의 그늘', '하얀 전쟁', '머나먼 쏭바강' 등 베트남 전쟁을 다룬 소설마다 빠지지 않고 등장하는 도로였다. 10여 분쯤 지났을까. 말없이 운전만 하던 기사가 손으로 앞을 가리키며 '하딴'이라고 소리쳤다. 시원스레 포장된 도로를 달려 작은 고개에 이르자 기사는 내게 일언반구도 없이 노천카페에 오토 바이를 댔다.

주인 여자가 콜라에 얼음 몇 덩이를 띄워 내왔다. 여자에게 백마부 대를 아느냐고 물으니, 그녀는 길 건너편을 향해 냅다 소리를 질렀다. 곧 지원군이 달려왔다. 입성이 수더분한 중년의 여자였다.

"안……녕……하세요?"
여자의 입에서 어눌한 한국말이 새어 나왔다.
"한국말을 할 줄 아세요?"

여자는 한 손을 위로 치켜올리더니 전구 알맹이를 돌리는 시늉을 했다. 베트남 사람들이 반대나 부정의 의사표시를 할 때 종종 보여주는 행동인데, 그건 내가 유치원 시절에 '~ 반짝 반짝 작은 별 아름답게 비 치네 ~'라고 노래하면서 손으로 귀엽게 별을 표현하던 동작과도 유사 했다. 나는 그녀가 잘 알아들을 수 있도록 또박또박 끊어서 말했다.

"백, 마, 부, 대, 라고 들어본 적이 있나요?"
"바잉마…… 마잉호……?"

나도 모르게 침이 꿀꺽 넘어갔다. 여자는 기억의 심연으로부터 뭔가 를 끄집어내려고 애를 쓰는 듯했지만 세월의 간극을 쉬 뛰어넘진 못했 다. 내가 잔뜩 기대했던 한국말은 '백마'와 '맹호'라는 두 개의 파월 부대 이름까지가 전부였다. 아쉬웠지만 그녀에게서 백마부대 사령부 터를 알아냈으니 소기의 목적은 이룬 셈이었다.

노천카페 앞에서 시동을 끈 채 소리 없이 내리막길을 미끄러지던 오토바이가 갑자기 90도로 방향을 틀었다. 그리고 금세 우리는 옛 백마부대 사령부의 정문으로 짐작되는 콘크리트 기둥 앞에 다다랐다. 두 개의 기둥은 벌집을 쑤신 듯 크고 작은 탄흔들로 을씨년스런 모습을 하고 있었다.

정문을 통과한 도로는 뒤쪽 숲을 향해 곧장 뻗어 있었고, 아스팔트를 깔았던 길의 흔적이 희미하게 남아 있었다. 첨병처럼 마을 어귀에 나와 앉은 허름한 구멍가게 앞에서 코흘리개 아이들이 가판대 위의 과자봉지에 손때를 묻히고 있었다.

가게 뒤편으로는 일그러진 성냥갑 같은 집들이 작은 촌락을 형성하고 있었다. 그리고 그 옆으로는 무성한 잡초들과 드문드문 하늘로 치솟은 야자수들이 까칠하게 웃자란 선인장들과 함께 사람들의 접근을 가로막고 있었다. '저 선인장들이 오래 전 아버지가 보내준 사진 속에 배경으로 박혀있던 바로 그 선인장들일까?'

월남에서 아버지는 자주 가족들에게 편지를 써 보냈었다. 두툼한 편지봉투를 뜯으면 가족의 안위를 염려하는 내용의 글과 함께 흥미로운 월남 풍경사진들이 쏟아져 나왔다. 당시 우리나라에선 구경조차 못하던 매끈한 컬러 인화지 속의 아버지는 구릿빛으로 그은 얼굴에 엷은 미소를 띤 채 나는 이렇게 안전하게 잘 있단다, 라고 얘기하고 있는 듯했다.

그러고 보니, 이 뜨거운 땅에서 포연이 멎은 지도 까마득한 옛날이 되었다. '20세기 인류의 양심에 그어진 상처'라고 명명되는 베트남 전쟁. 애초에 단추를 잘못 끼운, 명분이 없는 전쟁이었다는 것을 이제는 온 세상 사람들이 안다.

사실, 베트남 전쟁은 100여 년에 걸쳐 진행된 민족해방전쟁이었으며, 프랑스와 미국이라는 제국주의의 지배에 맞선 베트남 민족의 저항 전쟁이었다. 그런 전쟁의 소용돌이 속에 잠시나마 나의 아버지도 발을 들여놓았던 것이다. 가난 때문에 선택한 길이었다.

머리를 녹일 기세의 햇볕 때문일까. 갑자기 어지럼증이 느껴졌다. 나는 길가에 맥없이 주저앉았다. 스르륵 눈이 감기고, 마치 바다 위를 둥둥 떠가는 것 같은 반 환각 상태에 나는 빠져들었다. 젊은 군인들을 가득 싣고 대양을 가로지르는 거대한 수송선이 눈앞에 어룽거리는 듯했다. 배에 타고 있는 아버지의 모습이 어렴풋이 보였다.

정신이 들었다. 시간이 꽤 흐른 것 같았다. 어느새 해는 구름 뒤에 숨어 있었다. 몸을 일으켜 정문 쪽으로 천천히 걸었다. 맑은 눈망울의 소년 하나가 집 앞에서 굴렁쇠 놀이를 하고 있었다. 나는 묵연히 서서 그 모습을 바라보았다.

땅거미가 내리고 있었다. 정문을 걸어 나오면서 나는 마음속으로 간절하게 기도했다. 저 아이 세대만큼은 무섭고 추악한 전쟁의 나락으로 내몰리는 일이 두 번 다시 없기를. 두 번 다시 없기를······.

고산도시 사파에 울려 퍼진 '비 내리는 고모령'

가는 빗발이 유리창을 사정없이 때렸다. 미니버스는 산허리를 굽이 굽이 감아 돌며 내처 달렸다. 산마루 쪽으론 먹장구름이 들짐승처럼 달려들고 있었다. 사탕수수 토막을 입에 문 소수민족 여인들이 차창 밖에서 멀어져갔다. 희끄무레하게 생긴 물소들이 어슬렁거리며 찻길을 막아서기도 했다. 그렇게 한 시간쯤을 달렸을까? 날이 어둑어둑해질 무렵 버스는 비로소 멈췄다. 해발 1,650m의 고산도시 사파(Sa Pa)에 도착한 것이다.

다음날. 날이 밝자 나는 달뜬 마음을 애써 누르며 마을 산책에 나섰다. 외양이 그리 낯설어 뵈지 않는 교회와 자그마한 운동장을 지나 사파 시장 어귀에 다다랐다. 눈을 돌리는 곳마다 소수민족임을 알려주는 알록달록한 코스튬이 마냥 신기했다.

백설기처럼 생긴 떡을 팔고 있는 자이족 소녀의 체크무늬 머플러와, 텔레비전 화면에서 눈을 떼지 못하는 흐몽족 남정네들의 앙증맞은 모자와, 옷가게를 기웃거리는 자오족 여인들의 붉은 두건과 주렁주렁 가슴에 매달린 금속의 장신구들⋯⋯.

사파 시장 아래로 난 골목길을 따라 걸었다. 얼핏 '깟깟 마을'이라는 표지판을 본 듯싶은데, 무슨 생각을 하며 걸었는지 매표소를 그냥 지나치고 말았다. 곧바로 뒤쫓아 온 매표원이 입장표를 끊어주며 한마디했다.

"이 길로 쭉 걸어 내려가면 흐몽족이 모여 사는 작은 촌락이 나올거예요."

촉촉한 보슬비가 옷을 적셔왔다. 나는 무장이 해제된 병사처럼 고스란히 비를 맞으며 내리막길을 걸었다. 그러다 문득 걸음을 멈추고 고개를 들어 산을 바라본 순간, 나는 그 자리에 얼어붙고 말았다. 눈앞에 한 폭의 거대한 동양화가 펼쳐져 있는 게 아닌가!

운무로 온통 뒤덮인 산자락이 시시각각으로 그 형체를 바꾸는데, 가슴 속에 뭉쳐있던 묵직한 무언가가 쑤욱 빠져나가는 느낌이었다. 그것은 산이로되 산이 아니었다. 고인이 된 문학평론가 김현 선생께서는 '산은 깊은 꿈이다'라고 했는데, 그 말뜻을 헤아릴 수 있을 것도 같았다.

갑자기 굵어진 빗발이 나를 두들겨 깨웠다. 나는 카메라를 품에 안은 채 저만치 신기루로 아물거리는 오두막집을 향해 내달렸다. 마치 기다리고 있었다는 듯 초등학교 3, 4학년쯤 돼 보이는 여자애 셋이 그곳에서 나를 맞았다. 전통의상으로 맵시를 낸 흐몽족 아이들은 말없이 나를 집 안으로 이끌었다.

아이들은 쪽물을 짙게 들여 검정빛이 감도는 웃옷에 무릎 부근까지 내려오는 치마를 입고 있었다. 정강이에는 각반을 맸는데, 그 위로 통통하게 드러난 맨살이 짙은 갈색으로 그을려 있었다. 양쪽 귀에는 커다란 링 귀고리가 두세 개씩 매달려 있어 몸을 움직일 때마다 찰랑찰랑, 소리가 났다.

실내에는 긴 나무 의자와 탁자 하나가 딱딱한 맨땅 위에 놓여 있었다. 뽀얗게 먼지가 내려앉은 생수와 맥주 캔 몇 개, 그리고 과자 따위들이 탁자 위에 아무렇게나 놓여 있었다. 탁자에서 몇 걸음 물러난 곳에는 높이가 허리께에 이르는 마룻바닥이 가로놓여 있었다. 실내의 차갑고 스산한 기운에 몸이 저절로 부르르 떨렸다.

셋 가운데 키가 제일 큰 아이가 탁자 위에 있는 맥주와 과자를 집더니 내 코 앞에 들이댔다. 나는 짐짓 모른 척하고 아이의 팔뚝에 채워진 은팔찌를 만져 보았다. 그러자, 눈치 빠른 아이는 얼른 자기 손목에서 팔찌 하나를 풀어 나의 손목에다 채워주고는 손을 벌렸다. 이쯤 되면 순순히 백기를 들어야 한다. 나는 과자 봉지 하나를 집어 들었다.

"팔찌는 두 개나 있어."
"그래도 사주세요. 이건 좋은 물건이에요."

"몇 살이니?"
"열두 살이요."
아이는 천연덕스럽게 영어로 대답했다.
"너희들, 사진 한 장 찍을래?"
"포토 머니(Photo Money)!"

아이들이 이구동성으로 외쳤다. 나는 할 말을 잃고 말았다. 사진을 찍어주겠다고 하면 당연히 아이들이 기뻐할 줄로만 알았는데, 예상치 못한 반응에 나의 가슴이 쩌릿하고 저려 왔다. 아이들이 어른에게 상처를 줄 수가 있다니…….

하지만 이 아이들만 탓할 일은 아니었다. 먼저 이곳을 다녀간 관광객들이 사진을 찍는 대가로 아이들의 손에 몇 푼의 돈을 집어줬으리라. 가방에 넣어뒀던 과자를 다시 꺼내 아이들에게 나눠주자 마지못해 쭈뼛쭈뼛 카메라를 향해 돌아섰다.

아이들과 헤어져 오두막 옆의 계단으로 내려가자 마을 하나가 나왔다. 콜타르를 칠했는지 외관이 온통 거무튀튀한 집들이 비에 젖고 있었다. 널빤지 같은 것을 지붕에 올린 품이 강원도 산간의 너와집과도 얼추 닮아 있었다.

그때였다. 가까운 곳에서 쇠망치 소리가 들려왔다. 그 소리를 따라가 봤다. 마을 대장간이었다. 천막 아래서 남자들이 구슬땀을 흘리며 뭔가를 만들고 있었다. 한쪽에서 부지런히 풀무질을 하고, 다른 쪽에서는 숯불에 벌겋게 달궈진 쇠붙이를 망치로 흠씬 두들겨댔다. 한 사람에게 다가가 무엇을 하고 있느냐고 물으니 사냥에 쓸 총을 만드는 중이란다. 이 마을이 아직도 수렵을 삶의 한 방식으로 선택하고 있다는 증거였다.

깟깟 마을에서 돌아올 때도 가는 빗줄기는 계속 나를 따라왔다. 시장 부근이었다. 귀에 익은 멜로디를 듣고 나는 화들짝 놀랐다. 땅거미가

베트남, 길 위의 산책자

깔리는 거리에 난데없이 '비 내리는 고모령'이 울려 퍼지고 있는 게 아닌가!

듣기에 따라선 조금 처량하기도 한 가요 연주곡은 꼬리에 꼬리를 물고 메들리로 이어지고 있었다. 아마도 한국에서 온 관광객이 기념 삼아 노래 테이프를 하나 손에 들려주고 간 모양이었다. 나는 이내 그 음악의 진원지를 찾아냈다.

젊은 비엣족 남자 앞에 구닥다리 앰프와 스피커가 놓여 있었고, 그 주위를 사람들이 빙 둘러싸고 있었다. 나무로 짠 좌판 위에는 1번부터 10번까지 번호를 매겨 칸을 만들어놓았는데, 각각의 칸마다 꼬마전구가 하나씩 붙어 있었다. 옆에 있는 동그란 나무판자를 손으로 돌리면 전구에 불이 차례로 켜지도록 전깃줄이 연결돼 있는 구조였다.

원반이 한참을 돌아가다 멈췄을 때 고객이 베팅한 숫자에 불이 들어오면 주인은 그 고객이 베팅한 돈의 몇 배를 내줘야 하는 일종의 사행놀이였다. 몇몇 남자가 호기 있게 돈을 걸었지만 야속하게도 꼬마전구는 번번이 그들의 기대를 외면했다. 구경꾼들 가운데는 흐몽족 남자도 두엇 끼어 있었다.

식당 앞에서는 여전히 젊은이들이 텔레비전을 들여다보고 있었다. 집으로 돌아가려면 모르긴 해도 몇십 리 밤길을 걸어야 할 터였다. 그런데도 바쁜 발길을 붙잡고 있는 그 네모난 상자 안에서 그들이 찾고자 하

는 것은 무엇일지가 나는 문득 궁금해졌다.

히말라야의 고원지대인 라다크에서 오랫동안 그 땅의 사람들을 지켜봤던 헬레나 노르베리 호지는 텔레비전과 영화 등을 앞장세운 서구문화 때문에 라다크의 젊은이들이 열등감에 빠지고 공격성이 증가했다고 우려를 나타냈었다.

몇 년 뒤 내가 다시 사파를 찾게 되었을 때 깟깟마을 초입에서 만난 세 명의 흐몽족 소녀들은 과연 어떤 모습으로 변해 있을까? 사파의 차가운 밤공기가 칼날처럼 옷깃을 파고든다.

플라워몽족 마을 방문기

플라워몽족이 살고 있다는 반포 마을을 구경하기로 한 날이다. '본'이라는 청년이 나를 안내하기로 했다. 그는 자그마한 투어 사무실에서 일하고 있다. 아직 소년티가 채 가시지 않은 그의 광대뼈 한쪽이 벌겋게 달아올라 있었다. 얼마 전에 오토바이 사고를 당했단다. 안쓰러운 마음에 "조심하지 않고!"라고 했더니, 본은 대수롭지 않게 웃고 만다.

막 동이 트기 시작하는 박하(Bac Ha)의 거리를 첫눈 밟는 설렘으로 나선다. 길가에는 간간이 노랗다 못해 주홍빛이 감도는 옥수수들이 수북하니 쌓여 있었다. 몇 입 베물 것도 없는 크기였다. 우리의 강원도 찰옥수수를 가져와 이곳에다 심으면 어떨까, 하는 생각이 불쑥 스쳐 지나갔다. 오이도 그렇고, 땅콩도 그렇고, 이 땅의 먹을거리들은 왜 하나같이 왜소한지 모르겠다. 기후 탓인지, 토양 탓인지, 아니면 그 밖의 다른 이유 때문인지 나로선 알 도리가 없다.

이곳 박하는 콘 와인으로 유명한 곳이라고 본이 귀띔해준다. 대부분의 농가가 옥수수로 술을 빚어 가계수입을 올린단다. 그 말을 듣고 보니,

어제 시장 어귀에서 하얀 플라스틱 통을 발치에 놓고 한 땀 한 땀 뜨개질을 하던 할머니들의 모습이 떠올랐다. 그 플라스틱 통 뚜껑에 술을 찔끔 따라서 손님들에게 조금씩 맛을 보게 하던 게 바로 콘 와인이었나 보았다.

어느덧 우리는 경사가 완만한 언덕길로 접어들었다. 길옆으로 자두나무의 잎사귀들이 싱그러웠다. 이미 수확이 끝난 뒤여서 열매는 매달려 있지 않았다.

등굣길의 아이들이 하나둘 눈에 띄었다. 그런데, 아이들은 제각기 작은 플라스틱 의자를 하나씩 들고 있었다. 이른 아침부터 단체로 목욕하러 가는 건 아니겠지. 나는 그 의자의 쓰임새가 궁금했다. 본에게 물어보니 학교에서 야외 수업할 때 쓰기 위함이란다. 아이들은 월요일마다 의자를 가지고 등교를 한다는 거였다.

내가 카메라를 들자, 아이들이 부리나케 의자로 얼굴을 가리며 줄행랑을 쳤다. 시골 아이들의 순박함에 절로 웃음이 터져 나왔다. 옆에서 그 광경을 지켜보던 본이 재미있어 죽겠다며 낄낄댔다. 타인에게 카메라를 들이댄다는 것은 때론 총을 겨누는 것만큼이나 공격적인 행위일 수가 있다. 나는 이 섬뜩한 쇳뭉치를 들고 어떻게 사람들에게 다가가야 할지 난감할 때가 종종 있다.

우리는 곧 작은 마을에 당도했다. 듬직한 체구의 물소가 문 앞에 떡

버티고 있는 집으로 본이 앞장서 발을 들여놓았다. 동굴처럼 어두운 실내에서 푸른 눈을 번뜩이며 텔레비전이 먼저 객을 맞았다. 텔레비전이 이런 고산족 마을까지 들어와 있는 것에 나는 적잖게 놀랐다.

50대 중반쯤으로 보이는 주인 남자가 안쪽에서 걸어 나왔고, 서로 잘 아는 사이인 듯 두 사람은 인사를 나눴다. 남자는 중국 스타일의 윗옷을 입고 있었다.

집은 단단한 맨땅 위에 지어진 목조 가옥이었다. 주인 남자는 옥수수 술을 가져와 우리 두 사람에게 한 잔씩 따라주었다. 그리고는 건배를 외쳤다.

"쭉쑥쿠에(건강을 위하여!)"

내가 잔을 입에 살짝 댔다 내려놓으려 하자 남자가 단숨에 쭉 들이키라는 시늉을 했다. 나는 두 눈을 질끈 감고 술을 입 안에 들이부었다. 목구멍이 후욱 달아올랐다. 본의 말에 과장이 섞였는지는 모르지만, 옥수수 술의 알코올 농도는 50도가 넘는다고 했다.

내가 길에서 사온 쏘이(xoi; 찹쌀밥)와 과자 몇 조각을 내놨다. 넓은 바나나 잎사귀로 싼 쏘이는 노오란 색깔이 곱고 이뻤는데, 손가락으로 조물럭 조물럭 뭉쳐서 집어먹는 맛이 아주 특별했다.

베트남, 길 위의 산책자

농사일이 주업이라는 집주인 내외는 슬하에 두 자녀를 두었단다. 장남인 아들은 고등학교를 마치고 집안일을 돕고 있고, 딸은 지금 고등학교에 다니고 있단다. 원색의 화려한 플라워몽족 의상을 입은 그의 아내는 한시도 가만히 있지를 않고 부산히 움직였다. 내가 처음에 인사를 건넸을 때도 그녀는 미소만 살짝 짓는 둥 마는 둥 했을 뿐이었다.

주인 남자는 유럽의 프로 축구 경기를 보고 있었던 모양이었다. 그는 축구를 굉장히 좋아한단다. 본 역시도 축구 마니아라고 했다. 놀랍게도 본은 한국의 축구선수들 이름도 두루 꿰고 있었다.

하긴 베트남 사람들처럼 축구를 좋아하는 민족도 없을 게다. 얼마 전 동남아시아 국가들 간에 축구 대회가 열렸었다. 거기서 베트남이 우승도 아닌, 준우승을 하자 시민들이 오토바이를 타고 거리로 쏟아져 나와 순식간에 교통이 마비되는 것을 본 적이 있었다.

"이곳 사람들은 보통 몇 살에 결혼을 하지?"
"플라워몽족은 대부분 일찍 결혼을 해요. 남자는 열여섯이나 열일곱, 여자는 열다섯이나 열여섯에 합니다. 결혼할 때는 남자 쪽에서는 돼지고기 100킬로그램과 콘 와인 100리터, 찹쌀 100킬로그램 정도를 여자 쪽에 갖다줍니다."
"그럼, 여자는 몸만 가면 되는 거야?"
"아뇨. 여자는 손으로 짠 이불을 신랑의 친지들에게 선물하지요."
"그럼 첫날밤은 어디서 보내지?"

"물론, 신랑집이죠."

"본은 여자친구 있어?"

"네, 몇 명 있어요."

"우와, 여자들한테 인기가 많은 모양인데?"

"그냥 친구들일 뿐이에요."

"결혼은 언제쯤 할 생각이야?"

"스물다섯이나 여섯쯤에요. 그 정도 나이가 돼야 돈이 좀 모일 것 같 거든요."

본은 속이 꽉 찬 친구였다. 그는 '옌바이'라는 도시에서 고등학교를 졸업하고 혼자서 박하로 왔단다. 일찍이 뜻한 바가 있어 학교에서 배운 짧은 영어를 밑천 삼아 투어 가이드로 나섰다. 물어보나 마나, 본의 꿈은 십중팔구 자신의 투어 사무실을 여는 것이리라.

"가족들은 안 보고 싶어?"

"당연히 보고 싶죠."

내가 괜한 질문을 한 모양이었다. 오랫동안 집 떠나 있는 사람에게 가족 애기를 하는 건 미안한 일이다. 본은 돌아오는 뗏(음력 설)때는 가 족들을 만나러 고향에 갈 계획이란다.

베트남의 뗏 명절은 우리의 설날과 별로 다를 게 없다. 흩어졌던 가 족들이 오랜만에 한데 모여 조상에게 인사를 올리고 부모 형제들 간의 정을 돈독히 나누는 시간이다. 이젠 세상도 많이 변했다. 해외에 거주하는 많은 비엣끼우(해외 거주 베트남인)들이 설을 쇠기 위해 돈다발을 들고 고향으로, 고향으로 몰려온다.

나는 플라워몽족을 필름에 담고 싶었다. 그래서 본의 허리춤을 슬쩍 찔렀다. 집주인이 흔쾌히 사진 촬영을 수락했다. 마당으로 먼저 나온 두 내외가 집안에 남아있는 아들을 소리 내어 불렀다. 몇 번을 부른 뒤에야 아들이 비로소 얼굴을 내밀었다. 그는 마뜩잖은 표정으로 카메라 앞에 섰다. 그의 트레이닝복 상의 가슴께에 붙은 아디다스 마크가 선명했다.

"자, 여기를 보세요. 하나, 둘, 셋, 찰칵!"

베트남, 길 위의 산책자

후에, 마지막 왕조의 도읍지

새벽 어스름. 나는 빗줄기가 하염없이 쏟아지는 후에 역에 내렸다. 그리고는 곧바로 시클로를 잡아타고 구시가의 게스트하우스로 향했다.

"어제까지만 해도 빗물이 문턱까지 차 올라왔었답니다."
졸린 눈을 비비며 문밖으로 나온 데스크 직원은 가슴을 쓸어내리며 이렇게 말했다.

하노이에 며칠 머무는 동안 나는 텔레비전을 통해 중부 지역의 일기 사정을 훤히 알고 있었다. 계속되는 폭우로 곳곳마다 도로가 유실되고, 물에 잠긴 집들은 겨우 지붕만 그 형태를 드러내고 있었다. 황톳빛 강물에 새끼돼지가 둥둥 떠내려가는 장면도 보였다. 하지만 나는 그런 재앙이 아주 먼 나라의 얘기라도 되는 듯 덤덤히 후에 행 열차에 몸을 실었던 것이다. 자석과도 같은 그 무언가에 이끌려서……

잠깐 눈을 붙이고 난 뒤 게스트하우스를 나섰다. 다행히 큰 비는 더 이상 내리지 않았다. 쩐 홍 다오 거리는 아침부터 자전거들이 득세하고 있었다. 사람들은 색색의 커다란 우비를 휘날리며 지나갔다. 도로 위를 달리는 오토바이는 손가락으로 꼽을 수 있을 만큼 수가 적었다. 그래서 인지 숨을 들이쉴 때마다 코끝에 와 닿는 공기가 사이공의 그것과는 확연히 다르게 느껴졌다.

나는 구시가와 신시가를 가르는 향강(香江)을 옆에 끼고 천천히 걸었다. 강물은 탁한 연둣빛을 띠고 있었다. 비가 얼마나 왔으면 저렇게 되

베트남, 길 위의 산책자

었을까. 언젠가 나는 책에서 향강에 대한 전설을 읽은 적이 있다.

옛날에 가난한 연인 한 쌍이 있었다. 남자는 여자에게 향수를 사줄 만한 형편이 안 되었다. 사랑하는 여자를 위해 무엇을 해줄까 고민하던 남자는 어느 날 여자를 향강으로 데려갔다. 그리고는 강물로 여자의 머리를 감게 해주었다. 그러자, 여자의 몸에서 아름다운 향기가 풍겨 나왔다. 그 이후로 향강이란 이름이 입에서 입으로 널리 번져나갔다. 강의 향기 때문일까? 후에는 미인이 많기로 소문이 나 있다.

얼마쯤 걷다 보니 눈앞에 거대한 기대(旗臺)와 성벽이 나타났다. 오른쪽 길로 접어들어 체인문(體仁門)을 통과하자 한쪽에 커다란 대포 네 문이 나란히 서쪽 하늘을 겨냥하고 있었다. 왕궁을 지키는 수문장들인 것이다. 길 건너편엔 왕궁으로 들어가는 네 개의 문 가운데 하나인 오문(午門)이 가랑비를 맞으며 의연하게 서 있었다.

왕궁은 해자로 둘러싸여 있었다. 나는 정문 격인 오문을 시작으로 황제의 즉위식과 제례의식을 거행했다는 태화전을 구경한 뒤, 커다란 청동솥 아홉 개를 앞뜰에 거느리고 있는 현림각을 둘러봤다. 한데, 태화전을 포함한 두어 채의 건물이 나의 감탄 어린 시선에 어깃장을 놓았다. 천장에서 뚝뚝 떨어지는 빗물을 받아내기 위해 군데군데 그릇을 받쳐놓은 것이었다.

후에 성은 더 이상 베트남 사람들만의 유산이 아니다. 그것은 지금 세계인 모두가 보호해야 할 의무가 있는 어엿한 세계 문화유산이다. 유

106

네스코의 도움과 베트남 정부의 노력으로 꾸준히 복원 작업이 진행되고
있다고 하니 그것으로 조금이나마 위안을 삼아야 하지 않을까 싶다.

　　태화전 뒤편에 자리한 자금성(紫禁城)은 소슬한 역사를 간직한 채
웃자란 잡풀들로 쓸쓸했다. 황제의 집무실인 근정전과 여러 채의 부속

　　　　　　　　　　　　　　　　　　　베트남, 길 위의 산책자

건물들이 있었던 곳이다. 무너져 내린 성벽 앞엔 '자금성 내의 가장 훌륭한 건물인 근정전은 1947년에 전쟁으로 파괴되었다'는 글귀가 새겨져 있었다. 역사책을 펴볼 것도 없이 그 전쟁의 상대는 바로 프랑스였다.

왕궁의 훼손은 그 후 베트남 전쟁을 겪으며 더욱 심각해진다. 1968년 후에가 북베트남군의 수중에 넘어갔을 때 미군은 이 성과 구시가에 대해 무차별 폭격을 가했다. 결국 며칠만에 탈환에는 성공했지만 이미 많은 것을 잃어버린 뒤였다. 그때 수천 명의 군인과 1만여 명에 달하는 민중들이 속절없이 스러져갔다.

투득 왕릉으로 가는 다음날 아침. 쎄옴을 불러 그 뒷자리에 오를 때까진 어린애처럼 마냥 설레고 좋았다. 근데 이게 웬일인가. 왕릉으로 가는 좁은 도로는 지뢰밭(?)의 연속이었다. 곳곳이 패여 크고 작은 물웅덩이로 얼룩진 아스팔트 길을 쎄옴 기사는 요리조리 곡예를 하듯 달렸다. 하지만 아무리 운전 솜씨가 좋은 기사라도 누더기가 된 도로에선 어쩔 도리가 없었다. 느닷없이 공중으로 몸이 치솟았다가 떨어질 때는 가슴이 다 철렁했다.

"이봐, 손님을 이렇게 거칠게 대접해도 되는 거야?"
"길이 너무 나쁘죠? 좀 천천히 달릴게요."

말만 그럴 뿐 열혈 기사는 여전히 속력을 내 씽씽 달린다. 그도 그럴 것이, 쎄옴 기사들에겐 스피드가 곧 돈인 것이다. 나를 태워다주고 나서 또 다른 여행객을 실어 나를 생각으로 기사의 머릿속은 꽉 차 있으리라.

그렇게 10여 분을 달려 왕릉 앞에 도달했을 땐 마치 뭇매를 얻어맞은 것처럼 아랫도리가 얼얼했다. 나의 고통을 짐작하고도 남는다는 듯 기사가 피식피식 웃으며 말한다.

"밖에서 기다리고 있을 테니 구경하고 30분 뒤에 나오세요."
"그건 너무 짧아. 사진도 찍고 하려면 시간이 더 걸릴 거야."
"그럼 40분. 오케이?"
그가 부처님 같은 미소를 흘린다. 꽤나 많이 양보했다는 듯이.

입장권을 사서 문으로 들어가니 제일 먼저 연못이 나왔다. 선경이 무릇 이러할까. 못 주위엔 빗방울을 머금은 싱그러운 초목과 다소곳한 정자가 한데 어우러져 한 폭의 신선도를 그려내고 있었다. 뜨득 왕이 여기에 머물며 4천 편의 시를 지었다는데, 그 이야기가 거짓말로 들리지 않았다. 누가 나에게 시를 지어보라 해도 금세 훌륭한 시상이 떠오를 것만 같았다.

연못을 등지고 계단을 오르니, 호아끼엠 사원이 고졸한 자태를 드러냈다. 지금은 뜨득 왕과 왕비를 추모하는 사원 역할을 하고 있지만, 왕이 살아있을 땐 궁전으로 사용되었던 건물이다. 세월의 더께가 묻어있는 색바랜 어좌와 제단, 그리고 몇 안 되는 창연한 빛깔의 유품들을 둘러보고는 다시 계단을 내려왔다.

연못을 오른쪽에 두고 걸어 들어가다 작은 둔덕을 오르니 큼직한 비석 하나가 앞길을 막는다. 나의 알량한 지식으론 해독할 길이 없는 한자들이 빼곡히 음각으로 새겨져 있었다. 나중에 알게 되었지만, 왕이 자신의 통치 이념을 몸소 써 넣었던 것이다.

그곳에서 다시 작고 고아한 연못 하나를 지나자 비로소 투득 왕의 능묘가 나타났다. 세인의 시선을 피하려는 듯 묘는 제법 높은 돌담으로 둘러싸여 있었는데, 오랜 세월동안 풍상을 겪은 탓에 거무칙칙한 이끼들이 볼썽사납게 붙어 있었다. 제단에는 비에 젖어 꺼져버린 향들의 처연한 모양새가 인생의 무상함을 말없이 대변하고 있었다.

그런데, 투득 왕은 실제로 이곳에 묻히지 않았다고 한다. 도굴을 염려한 나머지 아무도 모르는 장소에 많은 유물과 함께 매장되었다는 것이다. 또, 그 당시에 동원된 2백여 명의 일꾼들은 비밀 유지를 위해 모두 목이 잘렸다니 소름이 오싹 돋는다.

투득 왕은 응우옌 왕조의 통치자들 중 가장 오랫동안 권좌를 지켰으나 선정은 펴지 못한 것으로 알려져 있다. 3천 명의 병사와 일꾼들을 시켜 3년여에 걸쳐 자신의 궁전을 꾸민 것만 봐도 짐작이 간다. 그는 또 50명의 요리사가 만든 50가지의 요리를 50명의 시종들로 하여금 시중들게 했으며, 밤새 연잎에 맺힌 이슬을 모아 차를 만들어 마셨다고도 한다. 동화 같은 얘기다.

가는 날이 장날이라고, 민망 왕릉은 능 안의 건축물들에 대한 대대

적인 보수 공사가 한창 진행 중이어서 아쉬움이 남았다. 왕과 왕비의 위패가 모셔져 있다는 숭안 사원은 건물의 뼈대만 앙상하게 드러낸 모습이었고, 그 뒤편의 명루는 외벽과 단청 작업에 들러붙은 인부들의 손길이 바빴다.

아기자기한 맛이 있는 투득 왕릉에 비해 민망 왕릉은 입구에서부터 봉분이 있는 곳까지 일직선의 구조를 유지하는 균형적인 미와 시원한 남성적인 미의 경관을 보여주었다. 다른 시각으로 두 왕릉을 비교하자면 서정시와 서사시의 차이라고나 할까? 어쨌든, 두 왕의 취향과 성정이 그들의 무덤에도 반영되어 있다는 생각이 들었다.

쟈롱 황제의 뒤를 이어 두 번째로 왕위에 오른 민망 왕은 유교적 세계관을 바탕으로 외세에 맞서면서 강력한 중앙집권 체제를 구축했던 사람이다. 그는 비록 중국의 제도와 문물 등에 경도되긴 했어도 그것들을 무턱대고 좇지는 않았다. 중국으로부터 '월남'이란 국호를 받았지만 민망 왕은 이를 자기 소신대로 '대남'으로 바꾸는가 하면, 서양 세력 앞에서 갈팡질팡하는 청나라를 비웃기까지 했다고 한다.

나는 민망 왕릉을 빠져나와 배가 닿는 강변으로 향했다. 여자아이 셋이 쪼르르 달려와 동시에 껌을 들이민다. 어느 아이의 것을 사줘야 할지 난감했다. 잠깐 생각한 끝에 나는 가장 어려 보이는 아이의 손을 들어줬다. 그랬더니, 한 녀석이 골이 난 얼굴로 구시렁댄다. 할 수 없이 나머지 두 아이의 것도 사주니 금세 희색이 된다. 아이들은 역시 아이들이었다.

저만치에서 한 무리의 관광객을 태운 배가 다가왔다. 오토바이 기사가 기다리고 있는 강 건너 마을로 돌아가야 할 배였다. 관광객들이 모두 내린 뒤 나는 배에 올라탔다. 모터가 달린 길쭉한 배였다. 아이들이 잘 가라고 내게 손을 흔들었다. 방향을 돌린 배가 요란한 소리를 내며 향강을 가로지르기 시작했다. 아이들은 지금 막 배에서 내린 관광객들을 둘러싸고는 뭐라고 목청을 높이고 있었다.

생전에는 베트남 역사상 최대의 영토를 확보하여 백성들의 칭송을 한 몸에 받고, 사후에는 관광객들을 이 땅에 끌어들여 후손들의 입을 건사하는 민망 왕을 베트남 국민들은 얼마나 자랑스러워할까. 나는 향강을 건너는 배 위에서 민망 왕릉을 바라보며 그가 하늘나라에서 베푸는 성은이 이 땅의 백성들에게 고루고루 입혀지기를 기원했다.

베트남, 길 위의 산책자

호이안 구시가, 그리고 뚜이 아빠

내가 묵고 있는 호텔에서 구시가로 가려면 판 딘 풍 거리를 지나야 한다. 나는 일본풍의 알록달록한 샌들이 수북한 신발 가게와, 수려한 실크 옷감들로 단장한 옷가게와, 아오자이를 입힌 앙증맞은 인형들이 줄줄이 걸려있는 기념품점들을 기웃거리며 투본 강 쪽으로 걸음을 옮긴다.

이곳 호이안(Hoi An)은 꽝남의 넓은 평야를 지나 남지나해로 흘러들어가는 투본 강을 끼고 있는 아담한 도시이다. 그러나, 과거로 거슬러 올라가 16세기만 해도 호이안은 제법 국제도시 같은 풍모를 지녔었다. 중국과 일본, 포르투갈 상인들이 계절풍을 타고 배로 들어와서 다시 풍향이 바뀔 때까지 상거래를 하며 이곳에 머물렀다. 그리하여 17세기까지 호이안은 동남아에서 가장 큰 무역항 중의 하나로 꼽혔었다.

한데, 18세기로 접어들면서 호이안은 쇠락의 길로 빠져든다. 강 하구에 모래가 쌓이면서 큰 선박들의 접근이 어려워졌고, 19세기에 이르러서는 왕조의 쇄국정책에 떠밀리면서 북쪽의 다낭에 자리를 내주고 화려했던 시절을 마감하게 된다.

그 오롯한 역사의 뒤안길을 곱씹으며 나는 구시가로 발을 들여놓는다. 먼저, 쩐푸 거리와 우옌 타이 혹 거리에 선다. 중국풍인지 일본풍인지 분간하기 어려운 고가들 사이로 등 가게와 갤러리와 카페들이 고아한 정취를 자아낸다. 서울의 인사동이 떠오르는 것도 무리는 아닐 듯싶지만, 아무래도 이 구시가의 골목이 더 마음에 끌리는 건 어쩔 수가 없다. 그 가운데서도 유난히 내 눈길을 붙잡는 것은 바로 밤의 전령인 등이다.

등은 그 모양새가 참으로 다양하다. 항아리 모양, 마름모 모양, 꽈리 모양, 축구공 모양 등등. 밤이 되면 그것들은 유유한 빛으로 거리 분위기를 일신한다. 네온사인 현란한 서울의 인사동도 호이안처럼 각양각색의 등으로 밤 풍경을 바꿔보면 어떨까, 하는 어림없는 생각을 해본다.

사실, 서울의 인사동 거리는 허섭스레기 천지이다. 골동품 가게 안을 채우고 있는 물건들은 거반이 국적조차 알 수 없는 것들이고, 서양식 건물과 음식들이 한국적인 멋과 맛을 몰아내고 있다. 악화가 양화를 구축하는 현장이다.

이곳 구시가는 관람 방식이 좀 독특하다. 입장권을 하나 사면 많은 볼거리 중에서 지정된 다섯 군데를 골라 구경할 수 있도록 돼있다. 다른 곳을 더 구경하려면 입장권을 새로 구입해야 한다. 가는 날이 장날이라고, 마침 정전이 되어 나의 거리 순례는 다소 차질을 빚고 말았다. 그래도 수박 겉핥기로 광동 회관, 호이안 박물관, 풍흥 고가, 그리고 내원교(일본 다리)는 놓치지 않고 둘러봤다.

광동 회관은 19세기말 중국의 무역상들이 지은 집이다. 마당에 인공 연못이 있는데, 물에서 솟구쳐 오르는 용의 자태를 청자, 백자 조각 등을 쪼개 붙여 형상화한 게 눈에 띄었다. 출입문 쪽의 높은 벽에는 관우, 장비, 유비가 복숭아나무 아래 앉아 도원결의를 다지는 모습이 큼지막하게 그려져 있어 친근함을 더했다. 또, 건물 안쪽의 제단에는 관우 상이 모셔져 있었다.

쩐푸 거리와 깍 민 까이 거리를 잇는 내원교는 생각만큼 크지 않았다. 아니, 솔직히 좀 초라해 뵈기까지 했다. 특이한 점이라면 다리 위에 기와를 올려놓은 것과, 다리 중간쯤에 자그마한 공간의 사원이 하나 있다는 것쯤이었다.

이 사원과 관련된 전설이 하나 있다. 옛날 '꾸(Cu)라는 괴물이 있었다. 몸집이 얼마나 컸는지 그 머리는 인도, 몸뚱이는 베트남, 꼬리는 일본에 닿았다. 이 괴물이 한 번 움직일 때마다 재해가 생겨 마을 사람들은 이 괴물을 달래기 위해 제단을 만들고 해마다 제사를 지냈다고 한다.

다리의 동쪽 입구는 개를 형상화 한 석상이, 반대편 서쪽 입구는 원숭이 석상이 수문장처럼 오도카니 앉아 있다. 견원지간으로 알려진 이 두 마리의 동물로 중국인과 일본인의 관계를 상징하고자 했을까? 그런데, 다리는 1593년 중국인 마을과 교류를 하기 위해 일본인들이 지었다고 전해진다.

내원교를 건너 오른편엔 2층으로 된 풍흥 고가가 있었다. 이 집은 19세기 중엽 풍흥이라는 상인이 자신의 상점으로 지은 목조 건물인데, 중국풍과 일본풍의 건축 양식이 섞여있는 게 특징이다. 정전이 돼 어두운 실내를 대충 훑어보았는데, 거실에 놓여있는 거무튀튀한 탁자와 의자에서 두터운 세월의 흔적이 엿보였다. 2층에서는 손으로 직접 수를 놓은 수건, 가방, 그림 따위를 관광객들에게 팔고 있었다.

다시 발길을 돌려 내원교를 건너 골목 탐방을 계속한다. 어느 화랑 앞에 서서 그림을 물끄러미 바라보고 있으려니 주인 남자가 내게 다가온다. 들어와서 천천히 구경하란다. 이곳의 상인들은 어느 누구도 집요하게 호객행위를 하지 않는다.

8호 정도의 그림 한 점이 단돈 4달러란다. 유명 작가의 그림은 아닐지라도 거실에 걸어놓고 보기엔 부족함이 없어 보였다. 그림들은 주로 베트남의 자연 풍경이나 전통 의상을 차려입은 인물 등을 담은 것들이었다. 빨강과 노랑을 주로 쓴, 원색의 강한 색채와 독특한 구성이 돋보이는 그림들이 내 시선을 잡아끌었다.

사진기를 둘러멘 어깨가 슬며시 저려왔다. 나는 잠시 쉬어갈 요량으로 노점을 찾았다. 한 남자가 어린 딸과 함께 가게를 지키고 있었다. 아이에게 나이를 물으니 열 살이란다. 이름은 '뚜이' 라고 했다. 박영한의 소설 '머나 먼 쏭바강' 에 나오는 여주인공 이름도 뚜이였지, 아마?

베트남, 길 위의 산책자

"어느 나라에서 왔어요?"

"한국에서 왔습니다."

잠시 침묵이 흐른 뒤 비로소 남자가 입을 뗐다.

"베트남전쟁 때 한국군이 우리 집을 부쉈답니다."

남자가 어두운 표정으로 말했다.

"그게 무슨 말이지요?"

영어가 막히자 뚜이 아빠는 성냥갑을 탁자 위에 세워놓고는 두 손으로 허공에 포물선을 그렸다. 성냥갑이 쓰러졌다. 그가 툭툭 던지는 '비엣콩', '유에스 아미', '코리안 아미' 같은 몇 마디 영어와 손동작만으로도 나는 그의 뜻을 충분히 헤아릴 수 있었다.

뚜이 아빠는 어렸을 때 호이안에서 조금 떨어진 시골 마을에서 살았다. 그때 그의 아버지는 조그만 옷가게를 하고 있었다. 어느 날, 그가 사는 마을을 가운데 두고 미군과 한국군이 한편이 되어 월맹군과 맞붙었다. 양쪽에서 엄청나게 대포를 쏘아댔다. 결국 그의 집은 불타버렸고, 가족들은 거리로 내몰리고 말았다.

많은 생채기를 남긴 채 베트남 전쟁은 막을 내렸고, 세월은 강물처럼 흘렀다. 7년 전에 그의 아버지는 병으로 세상을 떠났단다. 지금은 홀로 된 어머니와 처자와 함께 이곳 호이안에서 큰 어려움 없이 살고 있다는 그의 설명이었다.

말을 마치고 나서 뚜이 아빠는 유리 진열장에 있는 떡을 꺼내 접시에 담아왔다. 사양하는 나에게 그는 한번 먹어보라며 떡을 계속 권했다. 끝까지 거절하는 것도 예의가 아니다 싶어 떡을 집어 들었다. 손바닥만하게 자른 두 개의 떡인데, 하나는 '반란', 다른 하나는 '쏘이 드엉'이라고 했다. 이 떡들은 다른 지방에서는 구경할 수가 없고 오직 호이안에서만 맛볼 수 있단다. 특히 뗏(음력설) 때 호이안 사람들은 이런 떡을 만들어 먹는다고 했다.

나는 답례로 목에 걸고 있던 볼펜을 뚜이의 가녀린 목에 걸어주고 그들과 작별인사를 나눴다. 삶의 터전을 송두리째 앗아간 군인들과 한 핏줄인 나에게 오랫동안 가슴에 묻어뒀던 분노와 원한의 감정을 쏟아낼 수도 있으련만, 뚜이 아빠는 전혀 그런 내색없이 나를 대접해줬다.

베트남을 여행하는 동안 나는 뚜이 아빠처럼 한국군으로 인해 고통받은 사람들을 가끔 만나곤 한다. 만나려고 해서 만나는 게 아니라, 지나가는 길에 아주 우연히 그런 사연을 듣게 되는 것이다. 그러면 그들은 거의 백이면 백, 아픈 생채기를 들춰낸 나를 오히려 다독이며 이렇게 말한다.

"옛날 일들은 다 지나간 것이지요. 우리에겐 오직 미래만 있을 뿐입니다."

뻴래이꾸에서 추방되다

인적이 거의 끊긴 뻴래이꾸의 거리는 어둡고 횡했다. 이곳은 베트남 중부의 고원 도시이다. 시계 바늘은 10시 반을 가리키고 있었다. 두 끼를 거른 뱃속에서 꼬르륵, 신호를 보내왔다. 마침 저만치 떨어진 가로변에 마지막 희망인 듯 불빛 하나가 너울거리고 있었다. 그것은 노천식당이었다.

쌀국수 한 그릇을 비우고 나니 이내 아늑한 잠자리가 그리워졌다. 식당 여주인은 나를 자신의 오토바이에 태워 근방의 호텔로 데려다주었다. 하지만 방값이 예상보다 비쌌다. 다른 곳을 찾아보기로 했다.

20여 분쯤 발품을 판 끝에 그럭저럭 묵을 만한 호텔 하나를 찾아냈다. 짐을 풀어놓고 밖으로 나가 생수 한 병을 사서 돌아오니, 조금 전 내게 방을 내준 청년은 온데간데없고 웬 여자 하나가 프런트에 불쑥 나타나서는 내게 방을 내줄 수가 없다고 선언했다.

아니, 이게 무슨 날벼락 같은 소리인가! 도대체 이유가 뭐냐고 묻자,

그녀는 설명하기조차 싫다는 얼굴로 짐을 챙겨 얼른 나가라는 거였다. 내가 무슨 실수라도 했는지 되짚어봤지만 아무리 생각해도 이해가 안 되었다. 베트남 여행 중에 이런 일을 당하긴 처음이었다. 하지만 어찌하겠는가, 나는 힘없는 이방인에 불과한 것을.

또 다른 호텔을 찾았으나 역시 방값이 만만치 않아 다시 밖으로 나왔다. 야밤에 도시 한 바퀴를 돌다시피 한 나는 거의 녹초가 되어 공원의 벤치에 주저앉았다. 돈 몇 푼 때문에 생 고생을 하는 나 자신이 안쓰럽게 느껴질 지경이었다.

물을 한 모금 들이켜고 시계를 보니 새벽 1시가 지나고 있었다. 밤공기가 쌀쌀했다. 배낭에서 점퍼를 꺼내는데 뒤쪽에서 검은 그림자가 성큼 다가왔다. 20대 초반의 나이에 이목구비가 뚜렷한 청년이었다.

"여기서 뭘 하고 있어요?"
"호텔을 못 구해서 공원에서 밤을 지새우려고."
"날씨가 추워서 안 돼요."
"점퍼를 입으면 괜찮아."

이해할 수 없다는 표정으로 청년이 고개를 흔들었다. 그때였다. 어디서 나타났는지 청년 둘이 내게로 다가왔다. 내가 노숙을 한다는 말을 듣곤 청년 하나가 공안(경찰) 신분증을 꺼내 보여주더니 다짜고짜 내 신분증을 요구했다. 내가 대수롭지 않게 웃어넘기자 그는 정색을 하며 거듭 신분증을 보여 달란다. 나는 상황이 나쁜 쪽으로 가고 있다고 생각했다. 그의 재촉에 나는 계속 딴청만 부렸다.

"잠깐 나를 따라오세요."
"도대체 왜 이러는 거야?"

공안은 뭐라고 웅얼거리며 나의 소매를 낚아채려 했다. 나는 즉시 가방에서 여권을 꺼내 그에게 펼쳐 보이며 적법한 비자를 갖고 여행을 하는데 무슨 문제가 있느냐고 대들었다. 그가 움찔하며 한발 물러섰다. 나머지 두 사람은 옆에서 조용히 지켜만 볼뿐이었다. 나에게 처음 말을 걸어왔던 청년도 선뜻 나서서 말리려고 하질 않았다.

내가 한 치도 물러서지 않고 저항하자 공안은 어물어물 꼬리를 내리더니 함께 온 사람과 어디론가 사라져버렸다. 두 사람이 사라진 뒤 청년에게 그들을 아느냐고 물으니 모르는 이들이란다.

"청년은 이름이 뭐지?"
"'하이'라고 해요."
"하는 일이 뭔데?"
"그냥 집안일을 돕고 있어요."
"가족들은?"
"부모님과 남동생 하나가 있구요."
하이는 나더러 고집 그만 피우고 호텔로 가서 편히 쉬란다.

"밖에서는 추워서 잘 수가 없다니까요."

"나는 시원해서 좋은데?"

하이는 히, 이를 보이며 웃는다. 웃는 모습이 아이처럼 천진스럽다. 내 몰골이 안쓰러워 보였던지 그가 나를 싼 호텔에 데려다주겠단다. 나는 못 이기는 척 그를 따라나섰다. 얼마 안 가 'Phong Tro' 라는 간판이 내걸린 건물 앞에 당도했다. 하지만, 셔터가 굳게 내려져 있었다.

하이는 거침없이 문을 두드렸다. 잠시 후 문이 열리고 여자 하나가 나왔다. 방값이 5만 동이란다. 방이 좀 허술하긴 했지만 그만큼 싼 방은 없으리라. 배낭을 내려놓고 돌아서는 하이에게 약간의 사례금을 건넸다. 하지만 그는 끝내 돈을 뿌리쳤다.

"내일 이곳에 놀러와도 괜찮죠?"

"그럼, 물론이지."

그는 총총히 내 시야에서 멀어져갔다. 그런데, 다음날 그만 어이없는 사건이 터지고 말았다. 아침에 자리에서 일어나니 안경이 안 보였다. 밤에 세수할 때 문밖에다 안경을 벗어놓고는 방에 들어와 곧장 잠에 곯아떨어진 것이었다. 아래층으로 내려가 여주인을 붙들고 안경을 찾아달라고 사정했다. 하지만, 그녀는 웬 안경 타령이냐며 손사래를 쳤다.

별수 없이 나는 짐을 꾸려 방을 나왔다. 믿을 곳이라고는 딱 한 군데

뿐이었다. 하이에게 도움을 청하는 것이었다. 주소를 들고 하이의 집을 찾아 나섰다. 전날 밤 하이와 주소를 주고받은 게 그나마 얼마나 다행인지 몰랐다.

"하이, 그 안경을 못 찾으면 나는 당장 한국으로 돌아가야만 돼. 사진을 찍을 수가 없거든."

"지금은 내가 어머니를 도와서 일해야 할 시간이에요. 나중에 제 친구가 오면 함께 호텔에 가 보도록 하죠."

하이는 내가 얼마나 절박한 상황에 놓여있는지를 모르고 있었다. 나는 거의 울상이 되어 그에게 매달렸다. 내 꼴이 안돼 보였던지 그가 곧 오토바이를 끌고 왔다.

"좋아요. 지금 바로 가 보죠."

하이가 오토바이에 시동을 걸었다. 우리는 금세 여관에 도착했다. 그때부터 여주인과 우리 사이에 옥신각신 설전이 벌어졌다. 하이는 내 보호자인 양 안경을 찾아내라며 주인과 종업원을 몰아붙였다. 여주인은 펄쩍펄쩍 뛰었다. 아주 억울한 표정이었다. 그러면서 어디선가 가져온 구닥다리 안경 하나를 내밀었다. 그것이라도 가져갈 테면 가져가라며.

그렇게 한참 동안 집안을 쥐 잡듯 하고 있을 때였다. 제복을 차려입은 남자 두 명이 문을 열고 들어왔다. 누군가가 경찰서에 신고를 한 모양이었다.

나는 의자에 앉아 공안의 질문에 고분고분하게 답변했다. 한데, 이 사람에겐 잃어버린 안경의 향방보다는 내가 여관에 들어올 때 숙박부를 쓰지 않았다는 사실이 훨씬 더 중요해 보였다. 숙박부를 쓰지 않은 건 명백한 위법행위라는 지적이었다. 그러면서 일단 숙소를 다른 곳으로 옮기란다. 또, 오늘 발생한 사건을 해결해 줄 테니 오후에 출입국관리사무소로 찾아오라는 것이었다.

그때였다. 여주인이 안경 하나를 내 앞에 쑥 내밀었다. 애가 타도록 찾던 내 안경이었다(그때의 반가움이라니!). 그녀의 설명인즉, 자기 아들이 호기심에 잠깐 가져갔던 것이라 했다. 하긴, 눈에 맞지도 않는 안경을 가져다 어디에 쓰겠는가. 어쨌든 주인 아들이 자수해옴으로써 사건은 그렇게 일단락되는가 싶었다.

공안의 호위를 받으며 나는 하이의 오토바이를 얻어 타고 부근의 다른 호텔로 가서 방을 잡았다. 물론 공안이 지켜보는 가운데 숙박부를 쓰고 여권도 맡겼다. 공안은 오후에 자신의 집무실로 찾아올 것을 내게 다시 한번 상기시키고 호텔을 나갔다.

긴장이 풀린 나는 샤워를 하고 깜빡 잠이 들었다. 밖에서 문 두드리는 소리를 듣고서야 잠에서 깼다. 출입국관리사무소에서 나를 찾는다는 것이었다. 호텔 직원이 불러준 오토바이 택시를 타고 출입국관리사무소로 향했다. 불안감이 엄습해왔다. 사무실로 들어서자 호텔을 새로 잡아준 공안이 나를 의자에 앉힌 뒤 한국에서의 직업이며, 베트남을 여행하는 목적이며, 여행 일정 등을 꼬치꼬치 캐물었다.

한 시간여에 걸쳐 꼼꼼히 작성한 조서는 그의 상관에게로 넘겨졌다. 상관은 의자에 앉아 부하와 몇 마디를 나누었다. 그리고 내 앞에서 근엄한 얼굴로 입을 열었다. 부하 직원은 그 말을 받아 영어로 또박또박 내게 통역해주었다. 나는 잔뜩 긴장한 채 직원의 말을 하나라도 놓칠세라 귀를 쫑긋 세웠다. 그 요지는 대충 이랬다.

"당신은 베트남의 출입국관리법을 어겼으니 벌을 받아야 마땅하다. 그렇지만, 당신은 외국인으로서 처음 죄를 지었고 조서를 꾸미는 데 적극적으로 협조해줬기에 이번 일은 경고 조치로 갈음하겠다. 그 대신 오후 7시까지 이 도시를 떠나라!"

이것이 즉결심판(?)의 내용이었다. 머리가 혼란스러웠지만, 나는 그들의 판결을 수용해야 했다. 다른 방도가 없었다. 그들과 씁쓸히 악수하고 뒤돌아서 나는 곧장 하이의 집으로 향했다. 그에게 고마운 마음을 전하고 떠날 셈이었다. 한데, 하이는 집에 없었다. 나는 호텔로 돌아와 짐을 챙기고 맡겨뒀던 여권도 여직원에게서 되돌려 받았다.

"이제 어디로 갈 생각이에요?"
내가 안 돼 보였는지, 여직원이 걱정스레 물었다.
"글쎄요. 발길 닿는 대로 가는 게 나그네의 운명이겠죠."
"부디 여행 잘하세요."

나는 여직원을 향해 싱긋 웃어주고는 호텔을 나섰다. 버스를 기다리면서 나는 지난 일들을 하나씩 곱씹어보았다. 그러고 보니, 내가 잘한 일이라고는 하나도 없었다. 공원에서 젊은 공안에게 겁 없이 대든 일이나, 여관에서 숙박부를 쓰지 않은 일이나 모두 변명의 여지가 없는 행동들이었다. 나는 베트남을 여행하는 동안 나도 모르게 자만에 빠져 있었던 것은 아닐까? 현지인에 대한 근거 없는 우월감으로 그들을 얕보거나 무시하려고 들지는 않았던가?

이번 여행에서 내가 얻은 소득이라면, 그동안 내가 얼마나 편협한 사고방식과 궁색한 마음, 그리고 자만심의 갑옷을 입은 채 사람들을 만나고 다녔는지를 돌아보게 된 것이었다. 내가 앞으로 더 살아가야 할 세상에서 더없이 소중한 정신적 자양분이 되리라 확신한다.

베트남, 길 위의 산책자

크메르인들의 옥봄복 축제

속짱(Soc Trang)시내 한복판을 가로지르는, 폭이 50m 남짓한 강줄기를 따라 산책을 하는 중이었다. 무슨 일이 생긴 걸까. 저 앞의 다리 위에 사람들이 구름 떼처럼 몰려 있었다. 차도까지 점령한 채로 웃고 떠드는 이들의 표정에서 베트남인들 특유의 여유가 묻어나왔다.

인파에 떠밀리며 나는 하이바쯩 거리까지 갔다. 절인지 사당인지 가늠할 수 없는 건물 앞에서 잠시 방향을 어림하고 있는데 웬 청년 하나가 내게 말을 걸었다.

"내일 보트 경주하는 거 아세요?"
"보트 경주라구요? 어디서요?"
"바로 옆에 있는 강에서요. 이곳은 지금 축제 기간이거든요."
"무슨 축제죠?"
"옥봄복 축제라고 해요."
"그럼, 당신도 구경하러 가겠군요?"
"말도 마세요. 각지에서 구경꾼들이 엄청나게 몰려올 거예요. 나는 텔레비전 중계를 보는 것만으로도 족해요. 그 카메라, 잘 간수하세요. 소매치기들이 호시탐탐 노릴지도 모르니까요."
"충고해 줘서 고마워요. 근데, 경주는 몇 시에 시작하죠?"
"정각 12시부터예요."

청년과 헤어져 나는 다시 군중 속으로 딸려 들어갔다. 이번엔 또 무슨 일인지 사진관 앞이 일대 장사진이었다. 건물 주위는 색색의 전등과

풍선, 조화 따위로 동화 속 그림처럼 꾸며져 있고, 스튜디오 안의 벽에는 '옥봄복(Oc Bom Boc)을 축하한다'라고 쓴 플래카드가 걸려 있었다.

일 년에 한 번뿐인 이 특별한 지역 축제에서 모처럼의 즐거운 시간을 만끽하려는 사람들이 계속 꼬리에 꼬리를 물었다. 가족끼리, 친구끼리 어깨를 걷고 사진사가 주문하는 대로 얼굴과 옷매무새를 매만지는 모습에서는 아이 같은 천진함이 엿보였다. 발걸음을 돌리려는데 왠지 모를 고독감이 나를 엄습해왔다.

일찍이 보들레르는 사진가를 가리켜 '도시 특유의 광경을 답사하고, 활보하고, 순회하는 고독한 산책자'라고 말한 바 있는데, 문득 그의 예리한 해석에 공감을 표하고 싶어졌다. 어쩌면 사진가란 자신의 두 눈에 고독의 불을 켜 들고 어두운 도시의 거리를 서성이는 밤 고양이 같은 존재가 아닐까.

밤 10시가 지난 시각인데도 귀가를 서두르는 기색은 어디에서도 탐지되지 않았다. 나는 초대받지 못한 손님의 처지임을 자각하며 슬그머니 사람들 무리에서 빠져나와 게스트하우스로 향했다.

잠자리에 누웠으나 잠이 쉽게 오지 않았다. 밤늦도록 거리를 배회하는 청춘들의 웃음소리와 오토바이의 소음은 좀체 잦아들 기미를 보이지 않았다. 불을 켜고 시계를 보니 새벽 1시를 가리키고 있었다. 자는 걸 포기하고 산책이나 할 요량으로 아래층으로 내려섰다. 뜻밖에도 1층의 식당에서는 술판이 질펀하게 벌어지고 있었다.

좌중에는 낮에 안면을 튼 남자 직원도 끼어 있었다. 나와 눈이 마주 치자 그는 손짓으로 앉으라며 자리를 내줬다. 젊은 여자 둘을 포함해서 모두 여덟 명이 둥그런 식탁에 둘러앉아 한창 애기꽃을 피우고 있었다. 피부색이 검은 크메르족 남자 두 명이 유독 눈에 들어왔다.

옆에 앉은 청년이 눈인사를 건네며 내게 술을 한 잔 따랐다. 호기심 과 기대감이 교차하는 눈빛으로 모든 이들이 나의 행동을 예의주시했 다. 망설임도 잠시, 내가 보란 듯이 술잔을 한입에 털어 넣자 우레와 같은 박수와 환호성이 터져 나왔다. 청년은 기다렸다는 듯이 큼직한 고깃점을 집어 내 입에 쏙 넣어주었다.

이곳 사람들이 술 마시는 방식은 좀 독특했다. 누군가가 먼저 자기 술잔에 술을 가득 따르고는 어느 한 사람을 지목한다. 그런 다음, 자신이 먼저 술을 반쯤 마시고 나서 남은 잔을 지목한 사람에게 건넨다. 잔을 받은 사람은 두말없이 그 술잔을 단숨에 비워야 한다. 이게 바로 '끄도 이'라는 이름의 메콩식 주법이었다. 나는 그 자리에서 혹독한(?) 대가를 치르면서 그들의 주법을 체득했다.

간밤의 과음 탓에 누가 업어 가도 모를 만큼 잠의 나락으로 떨어졌 던 나는 낮 11시가 넘어서야 비로소 잠에서 깨어났다. 부랴부랴 옷을 주 워 입고 거리로 나섰을 때는 이미 인도와 차도를 가득 메운 사람들이 다리 쪽으로 해일처럼 몰려가고 있었다. 음료수며, 과일이며, 장난감 등을 땅바닥에 펼쳐놓은 장사꾼들까지 뒤엉켜 도로는 그야말로 도떼기시장이었다.

이윽고 나는 가설무대가 세워진 행사장에 도달했다. 한데, 강가는 물론이려니와 부근의 건물 지붕과 담장 위, 심지어는 공사를 중단한 채세워 둔 크레인 위에까지 온통 구경꾼들이 점거를 해서 보트는 고사하고 강물 구경도 못할 판이었다.

이리저리 기웃거리다 가까스로 빈틈을 비집고 들어가 까치발을 하고 보니, 알룩달룩 꽃신처럼 색을 입힌 길쭉한 배 두 척이 서로 앞서거니 뒤서거니 물살을 헤치며 골인 지점으로 들어오고 있었다. 배에 타고 있는 사람들은 두 줄로 길게 앉아 사력을 다해 노질을 하였다. 배 앞머리에 앉은 두 사람이 방향을 지시하는 듯했고, 꽁무니에선 예닐곱 명이 꾸부정하게 선 자세로 노를 저었다. 그리고, 중간쯤에 있는 리더가 일어서서 일정한 간격으로 호루라기를 불며 팀을 조율했다.

강 건너편에는 구경꾼과 응원 부대들이 빽빽이 진을 치고 있었는데, 흥에 겨워 아예 강물로 뛰어든 이들도 여럿 보였다. 한낮의 녹신녹신한 햇볕도 아랑곳하지 않고 보트 경주에 흠뻑 빠져있는 사람들과 주변의 풍경이 어우러져 아름다운 한 폭의 그림을 만들어 내고 있었다. 지역 공동체로서의 유대를 다지고 정서적인 교감을 나누기에 나무랄 데 없는 행사였다. 나는 크메르 박물관으로 가기 위해 그쯤에서 발길을 돌렸다.

그런데, 크메르 박물관은 아쉽게도 문이 닫혀 있었다. 길 건너편의
사원 하나가 내게 손짓을 했다. 클렝 사원이란 곳이었다. 사리탑 하나가
먼저 눈에 톡 들어왔는데, 책방에서 인도나 네팔 관련 서적들을 들추다
얼핏 보았던 스투파의 모습이었다.

베트남, 길 위의 산책자

자줏빛 장방형의 기단 위에 노랑, 빨강, 파랑 등으로 회칠을 한 탑신이 쪽빛 하늘과 대비되어 고졸한 멋을 풍기고 있었다. 그 옆에는 크메르식 지붕의 법당이 있었는데, 하늘을 향해 뻗어있는 독특한 쇠뿔 양식이 돋보였다. 그때였다. 황색의 가사를 몸에 걸친 젊은 스님이 나에게로 다가왔다.

"저희들과 함께 얘기 좀 나눌 수 있는지요?"

스님은 자신과 똑같은 차림새를 한 채 나무 그늘에서 쉬고 있는 두 사람을 손으로 가리켰다. 나는 그의 뒤를 따라갔다. 내게 말을 붙인 스님의 이름은 '선 사우'이며, 하우쟝 강 건너편의 쩌빈에서 왔다고 했다. 세속 나이는 스물 셋이고, 절에 들어온 지 3년이 지났단다.

세 사람은 우리의 승가대학 격인 이 절에서 함께 기숙을 하는 학승으로, 불경을 비롯해 베트남 역사와 크메르어 등을 공부하고 있었다. 수업은 아침 7시부터 오후 5시까지 계속되고, 그 나머지는 자유시간이란다. 사우 스님은 언어 센터에서 익혔다는 영어를 막힘없이 구사했다.

그는 옥봄복 축제에 대해 간략한 설명을 해주었다. 이 축제는 크메르인 사회에서 오래전부터 전해 내려오는 행사란다. 매년 음력 10월 15일에 열리는데, 달맞이 행사와 사원 축제, 그리고 보트 경주가 특히 백미라고 한다. 보름 전야인 지난밤엔 수많은 사람들이 절을 찾아와 가족의 건강과 행운을 기원하고 돌아갔다고 했다.

예부터 크메르인들은 보름날 밤에 사원이나 집에서 정성 들여 음식을 차려놓고 달님을 맞이했다. 연등을 만들어 문밖에 걸어놓고, 바나나 나무껍질로 나룻배를 만들어 강에 띄우기도 했다. 이런 풍습의 배경에는 메콩델타 지역에 깔려있는 우기의 음울한 기운과 습기를 말끔히 걷어내고 삶에 새로운 활기를 불어넣고자 하는 뜻이 담겨 있다.

다음날, 나는 크메르 박물관으로 갔다. 아담한 건물에 걸맞게 내부에 전시돼 있는 물건들 또한 소박하기가 이를 데 없었다. 크메르인들이 일상에서 사용하던 의복이며, 농기구며, 악기며, 그리고 집과 배 모형들이 가지런히 진열되어 있었다. 어제 보트 경주에서 보았던 것과 똑같이 생긴 '응오 보트(Ngo Boat)'도 한켠에 자리하고 있었다.

관리인에게 옥봄복 축제에 관한 자료를 찾아볼 수 있느냐고 물으니 도서관으로 가보란다. 그 길로 도서관에 가서 담당 직원에게 자료 부탁을 했다. 20대 초반의 여직원이 부산스레 움직이는가 싶더니 문고판 크기의 책 한 권을 달랑 들고 나왔다. 한 쪽도 채 안 되는 분량의 자료였다. 그것만이라도 복사를 하겠다고 하자, 그녀는 이내 난색을 표했다. 복사기가 고장났단다. 그녀는 열람실에서 책을 읽고 있던 남자 하나를 불러냈다.

"이 근처엔 복사할 만한 곳이 없어서 오토바이를 타고 나가 복사해 오도록 부탁했어요."
여자는 내게 친절하게 설명해주었다.

"미안해요. 나 때문에 고생을 하는군요."

"무슨 말씀을요. 자료를 제대로 찾아드리지 못해 오히려 죄송해요."

우리는 남자가 돌아오기를 기다리며 짧은 영어로 얘기를 나누었다. 그녀는 껀터 대학의 졸업반 학생이며, 하루에 무려 세 가지 일을 한다고 했다.

"오전에는 유치원에서 아이들을 돌보고, 오후엔 여기서 사서 일을 봐요. 그리고 저녁엔 고등학교 학생들을 가르치죠."

"당신은 슈퍼우먼이군요."

내가 농을 던지자, 그녀는 손으로 입을 가리고 웃는다.

"주변 사람들도 모두 같은 얘기를 합니다."

"돈도 많이 벌고 좋지 않나요?"

"그래요. 사실 돈도 많이 벌고 싶고, 그래서 노력을 많이 하는 중이에요."

그녀는 자기 생각을 솔직하게 드러냈다.

그때, 복사를 위해 나갔던 남자가 돌아와서 우리의 대화는 거기서 끊어졌다. 고마운 마음으로 내가 복사비용을 건넸으나 그녀는 수줍은 미소를 머금은 채 끝내 돈 받기를 거부했다. 많이 기다리게 한데다 자기로서는 별로 해준 게 없다는 이유였다.

나는 도서관을 나오면서 베트남 여인들에게 깃들어 있는 두 개의 상

반된 이미지에 대해 생각해 봤다. 겉으로 드러나 보이는 순박함과 온화함, 그리고 그 뒤에 감춰진 억척스러운 기개라고 할까. 그것은 무릇 우리의 어머니, 할머니 세대가 겪어낸 삶의 문양과도 어쩐지 많이 닮아 있었다. 그래서 그런지 나는 베트남 여인들이 한없이 사랑스럽고 존경스럽다.

베트남, 길 위의 산책자

붕따우, 지중해, 푹 씨

카메라를 둘러메고 길을 나선다. 유순한 여인처럼 바닷바람이 나를 껴안는다. 나는 바이쭈옥 해변을 향해 뻗은 도로를 따라 걷는다. 여느 도시와 다를 바 없이 부지런한 뜀박질로 하루를 여는 사람들의 발소리가 성긴 어둠의 자락을 끌며 멀어져간다.

도로를 건너가려는데 멀리서 오토바이 하나가 라이트를 켜고 달려온다. 사냥꾼처럼 거의 본능적으로 카메라를 꺼내 빛을 겨눈다. 조리개를 최대개방으로 연다. 그래야 내가 원하는 셔터속도의 근사치가 나올 것이다. 불빛이 프레임 안으로 들어오기 시작한다. 숨을 멈춘다. 셔터 끊는 소리가 오토바이의 굉음 속에 묻혀버린다.

도로 위를 서성이며 그렇게 셔터를 눌러대는 사이 아침 해가 떠올랐다. 스몰 마운틴 꼭대기에서 양팔을 벌린 채 남지나해를 굽어보고 있는 흰색의 거대 예수상이 눈에 선명하게 들어왔다. 브라질의 리우데자네이루에 있는 예수상을 모방한 것이란다. 이곳에 올 때면 그저 먼발치에서 바라만 보곤 했는데, 이번엔 웬일인지 정상까지 올라가고 싶어졌다.

산비탈에 사방으로 피어 있는 꽃들과 마치 파란색 잉크를 뿌려놓은 것 같은 바다를 번갈아 바라보며 계단을 올라간다. 붉은 꽃잎이 얇은 종잇장처럼 생긴 부겐빌레아와 엷은 베이지 색의 호아 수(Hoa Su)꽃 무리들이 성급한 나의 걸음을 자꾸만 붙잡는다.

이윽고 정상. 커다란 예수상이 눈앞에 우뚝 나타났다. 예수상 밑의 기단에는 예수의 탄생과 최후의 만찬 장면들이 돋을새김으로 조각돼 있었다. 뒤쪽에는 예수상 안으로 들어가는 문이 있었지만 자물쇠로 굳게 잠겨 있었다. 옆을 보니, 개방 시간이 오전 7시 30분부터 오후 5시까지라고 적힌 푯말이 서 있었다. 예수상 밑 좌우로는 발갛게 녹이 슨 대포가 커다란 포신을 바다로 향한 채 누워 있었다. 문득, 가브리엘 살바토레 감독의 '지중해'가 떠올랐다.

때는 제2차 세계대전. 어느 날, 그리스의 외딴 섬에 8명의 병사가 출현한다. 전략적으로 섬이 필요한 이탈리아 군의 작전인 것이다. 그러나 얼마 지나지 않아 이탈리아 사령부에서는 섬에 병사들을 보냈다는 사실조차 까맣게 잊어버린다. 설상가상으로 사령부와 통신조차 두절된 병사들은 낙원과도 같은 지중해의 열기에 서서히 동화되기 시작한다.

아름다운 풍광과 그 속에서 펼쳐지는 병사들의 일탈 행위들이 슬몃 웃음을 짓게 만들지만, 뭐라고 설명하기 어려운 아련한 향수 같은 것을 촉촉하게 내뿜는 작품이다. 지중해는 실제로 그리스의 조그마한 섬(미기스티)에서 전쟁을 잊고 살았던 한 병사의 수기를 바탕으로 해서 만든 영화이다.

무성한 잡초들 사이에서 한낱 고철 덩어리에 불과한 대포를 물끄러미 바라본다. 전쟁 때 이 벙커를 지키던 병사들은 지금쯤 어디에서 무엇을 하고 있을까? 그들은 성한 몸으로 자신들의 부모, 형제가 기다리고 있는 고향으로 돌아갔을까? 아니면, 이 땅 어딘가로 도피를 시도했을까?

영화 지중해에서 섬 아가씨 바실리사와 결혼한 파리나가 그랬듯이, 전쟁이 끝나고 자신의 집으로 돌아가지 않고 이곳에 숨어버린 병사도 혹 있을까? 영화 지중해는 다음과 같은 말로 끝을 맺는다.

"이러한 시대에 살아남아서 계속 꿈꿀 수 있는 길은 도피뿐이다."

관리인이 나타나 문을 열고 관광객들을 예수상 안으로 들여보내기 시작했다. 신발을 벗어두고 나선형의 좁은 계단을 올라가니 파란 하늘과 맞닿은 쪽빛 바다가 눈에 가득 들어왔다. 녹색의 나무숲과 그 사이 사이에 빨갛고 하얗게 지어진 집들은 마치 사진에서 본 지중해의 어느 마을을 복사해놓은 듯 수려했다.

산을 내려와서 아침을 먹고 숙소로 돌아오니 주인 남자가 나를 반갑게 맞았다. 내국인 단체 관광객들이 조금 전에 들이닥쳤다고 그가 귀띔을 해주었는데, 아닌 게 아니라 방 안에는 앉을 틈이 없을 만큼 사람들이 복닥거렸다.

이제 베트남 사람들도 어느 정도 여유를 갖게 된 것일까. 오늘처럼 많은 수의 베트남 여행자를 만난 건 호찌민 묘를 찾은 참배객들의 행렬 이래 처음이었다. 내가 베트남에서 수년간 거주하질 않으니 잘못 알고 있는 건지도 모른다. 하지만 분명한 건 최근 베트남의 국내 여행자들이 몰라보게 늘고 있다는 사실이다.

내 기억으로는, 1996년에만 해도 바이사우 해변에 'Phong Tro'라고 쓴 여관들은 거의 볼 수가 없었다. 그후로 3, 4년 사이에 이런 여관들이 우후죽순처럼 생겨난 듯하다. 푹 씨의 말로는 바이사우에만 대략 3백여 개의 여관이 있을 거라고 했다.

해안 도로에 접한 식당에서 간단한 저녁을 먹고 바닷가로 나갔다. 바다와 모래사장을 구분할 수 없을 만큼 이미 사위는 어둑했다. 시간을 풀어놓고 모래성 쌓기에 여념이 없는 아이들과 사랑의 밀어를 나누는 젊은 연인들이 어둠으로 직조한 해변 무대의 주인공이었다.

파도가 하얀 이를 드러내며 속살거렸다. 바다 위로 낮게 드리워진 뭉게구름이 스몰 마운틴 쪽으로 몰려갔다. 마침내 거대 예수상은 희끄무레 공중에 떠있는 형국이 되었다.

숙소로 돌아와 구멍가게를 지키고 있는 푹 씨와 마주앉았다. 푹 씨는 44살로, 세 아이의 아버지였다. 푹 씨의 아이들은 집에서 40km쯤 떨어진 한 마을에서 초등학교와 중학교를 다니고 있고, 푹 씨의 어머니가 그 애들을 보살펴준다. 주말마다 오토바이를 타고 아이들을 보러가는 게 그의 유일한 즐거움이라고 했다.

그는 중부 지방의 꿰논에서 태어나 14살까지 그곳에서 살았다. 그의 아버지는 통일이 되기 전 사이공 정부에서 경찰에 몸담고 있다가 오직 살아남기 위해 아내와 함께 미국으로 건너갔다. 그리고 그곳에서 힘들게 정착했다. 정세가 많이 안정되고 난 뒤로는 가끔 한 번씩 베트남에 다녀간다고 한다.

또, 그의 이복형은 1988년 작은 배를 타고 베트남을 탈출해 미국으로 갔다. 그 역시도 옛 사이공 정부에 관련된 일을 했기 때문에 베트남에서 일거리를 찾기가 쉽지 않았다. 미국에서 여행 관련 일을 했고, 최근엔 미국의 주식 시장이 침체되면서 경제적으로 어려움을 겪고 있다고 했다. 지금 푹 씨가 운영하고 있는 여관은 형의 집을 빌린 것이라 했다.

그의 아내는 수수한 외모를 지니고 있었다. 그녀는 한국 드라마를 꽤나 좋아한단다. 푹 씨는 이런 아내를 아주 극진히 받드는 듯한 인상을 풍겼다. 아니, 어쩌면 아내의 기세에 눌려 사는 게 아닐까 하는 생각이 들었다. 내가 방값을 깎아달라고 요구했을 때 그는 자신의 아내에게 물어본 다음에라야 겨우 수락을 했고, 내게서 빨랫감을 받아들곤 곧장 아내에게로 쪼르르 달려가 세탁비를 얼마나 받아야 할지를 물어보는 품이 같은 남자로서 좀 측은해 보이기까지 했으니 말이다.

다음날 아침, 체크아웃을 하고 푹 씨 내외와 작별 인사를 나누었다. 그는 버스 터미널까지 오토바이로 데려다주겠다고 했지만 나는 애써 말리고 길을 떠났다. 이제야 말이지만, 나는 순순히 그의 친절을 받아들였어야 했다. 결국 엉뚱한 방향으로 길을 가서 애를 먹었다. 다른 사람이 친절과 아량을 베풀 때 그것을 자연스럽게 받아들일 줄 아는 태도도 여행자로서 키워야 할 덕목인가 보다. 친절한 푹 씨, 핸 갑 라이(다시 만나요)!

소녀시대와 한국어에 빠진 소년

닌호아는 내가 두 번째 찾아온 도시이다. 첫 번째로 왔을 때는 촘촘한 일정 속에서 백마부대 사령부 터를 답사하느라 시내 구경을 못했는데, 이번에는 거리 사진도 찍을 겸 조금 느슨하게 일정을 짰다.

나는 호텔에 짐을 푼 뒤 샤워를 하고 밖으로 나왔다. 이리저리 기웃대며 호텔 부근의 공터를 지나고 있을 때였다.

"안녕하세요?"

어디선가 모깃소리만 한 음성이 들려왔다. 그것은 분명 한국말이었다. 주위를 둘러보니 마름모꼴 모양의 철망에 빨래가 주렁주렁 매달려 있는 집 앞에 소년 하나가 서 있었다.

"네가 지금 한국말로 인사했니?"
"……"
"내가 한국 사람인 줄 어떻게 알았어?"
"……"
"한국말을 배웠니?"
"조금."
"너, 혹시 K팝 아니?"
"소녀시대…… 알아요."

알고 보니, 이 소년은 소녀시대의 열혈팬이었다. 소녀시대의 모든 멤

버들의 이름을 조그만 입에서 줄줄 뱉어냈다.

"잠깐 기다리세요."

소년은 집 안으로 들어가더니 금세 손바닥만 한 책 하나를 가지고 나왔다. 한국어 교본이었다. 소년에게서 책을 건네받아 대충 훑어보니 맞춤법이 틀린 곳이 수두룩했다. 책장을 넘기며 하나하나 고쳐주려니 한도 끝도 없었다.

"너, 이름이 뭐니?"
"떰(Tam)이라고 해요."
"몇 살이지?"
"열여덟이요."
"떰, 이 책은 엉터리야. 당장 갖다 버리라구!"
"네."

고분고분하게 대답을 하는 떰이 귀엽기 그지없었다.

나는 6시에 떰과 다시 공터에서 만나기로 하고 그와 헤어졌다. 그에게 한글을 좀 가르쳐줄 생각이었다. 발길 가는 대로 돌아다니며 사진을 찍다가 6시가 조금 지나 공터로 돌아와 보니 떰이 미소를 머금고 나를 기다리고 있었다. 떰은 자기 집으로 나를 초대했다.

넓은 거실로 들어서자 빨간불이 켜진 제단이 먼저 눈에 들어왔다. 거실에는 떰의 이모와 어린아이 둘이 있었다. 50대 중반으로 보이는 떰의 이모는 처음부터 낯선 이의 외모나 행동거지보다도 내가 쓰고 있는 모자에 관심을 보이더니 급기야는 그걸 달라고 졸라댔다. 나는 여자 친구한테 생일 선물로 받은 거라고 둘러댔다. 그러자, 그녀는 더 이상 아이처럼 보채지 않았다.

나는 떰에게 한글의 자음과 모음을 써주고는 그것을 읽게 했다. 어정쩡한 발음은 몇 번씩 반복해서 고쳐주고 정확하게 발음할 때는 칭찬을 해주었다. 내 발음을 따라 하기가 쉽지 않은 모양이었다.

떰은 한숨을 크게 쉬고 나더니 내 옆에 바짝 붙어 앉았다. 그리곤 뭔가를 열망하는 눈빛으로 나를 바라봤다.

"오늘은 제 생일이에요."
"그래? 생일 축하해!"
"저에게 무엇을 줄 거예요?"
"내가 미처 선물을 준비하지 못했어."
"그럼, 돈을 주시면 되잖아요."

맹랑한 녀석이었다. 내가 지갑에서 1만동짜리 지폐를 하나 꺼내 주자, 떰은 10만동짜리 지폐를 가리키며 손을 벌렸다.

"10만 동은 너한테는 너무 큰 돈이야."

"그렇지 않아요."

"뭘 하는 데 10만 동이나 필요하니?"

"책도 사고, 운동화도 사고, 가방도 사려고요."

"10만 동으로 그걸 다 산다고?"

"네."

나는 잠시 망설이다 결국 10만동 짜리 지폐를 꺼냈다. 10만동이면 아이에게 결코 적은 액수가 아니었다.

"네가 한국어를 공부한다니 기특해서 주는 거야. 그 대신 한국어 공부 열심히 해야 해. 알았지?

"네, 고맙습니다."

녀석은 두 손으로 돈을 공손히 받았다. 그리고 신이 났는지 자기를 따라오라며 밖으로 나갔다. 옆집에 떰의 엄마와 아빠가 있었다. 조금 전에 들렀던 곳은 떰의 이모네 집이었다.

살림은 단출했다. 작은 거실에 달랑 소파 하나가 놓여 있는 정도였다. 떰의 아빠는 좀 마른 편이었지만 인상이 좋아 보였고, 엄마는 수더분한 모습이었다. 떰은 내게서 받은 돈을 엄마에게 보여주며 자랑을 했다. 감사의 뜻으로 떰의 엄마가 내일 나를 위해 쌀국수를 만들어 주겠단다.

"그녀는 시장에서 고기를 팔아요."

언제 들어왔는지, 떰의 여자 친구가 내게 영어로 말해줬다. 나는 쌀국수라면 언제라도 먹을 수 있다고 얘기해줬다.

떰의 여자 친구는 한국의 걸그룹 2NE1을 제일 좋아한단다. 역시 K 팝이 한국을 알리는 데 선두주자 역할을 하고 있음을 재확인하는 순간 이었다.

베트남의 젊은이들은 이렇게 한국과 한국 문화를 알려고 애쓰는데 한국의 젊은이들은 베트남이란 나라를 어떻게 생각하고 있을까? 그저 쌀국수를 먹는 나라쯤으로 인식하고 있지 건 아닐까?

사실, 우리는 베트남이란 나라를 잘 알지 못한다. 애써 알려고도 하 지 않는다. 양국 간의 교류는 한쪽으로 기울어진 저울추와도 같다. 베트 남은 드라마와 K팝 등을 앞줄에 세워 한국의 문화를 받아들이고 있는 반면에 한국은 베트남의 문화를 소개하는 데 상대적으로 너무 인색한 편이다.

오래전 베트남에 진출한 한국 기업의 관리자가 베트남 근로자를 구 타해 베트남인들의 공분을 사고 반한감정을 부추기는 계기가 되었던 것 도 따지고 보면 베트남의 문화와 관습에 대한 이해 부족에서 비롯된 일 이었다. 인류학자들이 주로 다른 나라의 문화를 연구 대상으로 삼는 것은 다른 문화라는 거울을 통해 자신의 문화를 더 잘 들여다볼 수 있기 때문이다.

베트남을 바라보는 우리의 시각도 여전히 과거에서 벗어나질 못하고 있는 듯하다. 이제는 베트남에 대한 시각도 바뀔 때가 되었다. 베트남은 더 이상 과거의 베트남이 아니다. 베트남은 지금 세계에서 두 번째로 쌀 수출을 많이 하는 국가가 되었다. 더군다나 높은 교육열과 빼어난 손재주, 근면한 노동력을 바탕으로 하루하루가 다르게 성장하고 있다. 나는 베트남이 한강의 기적을 일궈낸 한국처럼 베트남식 메콩강의 기적으로 곧 눈부신 용틀임을 할 것을 믿어 의심치 않는다.

베트남, 길 위의 산책자

아, 하미 마을

탄(Tahn) 씨는 검정색 선글라스를 낀 채 나를 기다리고 있었다. 그는 이른 아침에 나와 함께 미선의 참파 유적지에 다녀온 쎄옴 기사이다. 사람이 무던해 보이는지라, 오후에도 그와 함께 오토바이 투어를 하기로 언약을 한 터였다.

"미스터 김, 지금 어디로 갈 셈이죠?"
"혹시 디엔반현을 아시나요?"
"물론이지요."

탄 씨는 자신있게 말했다. 나는 두말없이 그의 혼다 오토바이 뒷자리에 올라탔고, 우리는 곧 호이안의 호텔 거리를 뒤로 하고 목적지를 향해 출발했다. 10여 분을 달려 우리가 도착한 곳은 참탑(Cham Tower) 하나가 코앞에 있는 도로가였다.

"대체 여긴 어디죠?"
"여기가 바로 당신이 찾는 곳이죠. 저기를 봐요."

탄 씨가 손가락으로 무너져 내린 참탑 하나를 가리켰다. 아이고! 내가 한숨을 토해내자 탄 씨는 고개를 갸우뚱한다. 아침에 미선의 참파 유적지를 다녀온 뒤라, 탄 씨는 내가 또 다른 참탑을 보고싶어 하는 줄로 지레짐작을 한 것이다.

내가 가려고 하는 곳은 디엔반현 디엔즈엉사에 있는 하미 마을과 위령비라고 일러주자, 그는 정색을 하며 디엔즈영사는 20km나 멀리 떨어져 있다고 했다. 나의 의구심을 간파한 듯, 탄 씨는 자기만 믿으라며 재빨리 오토바이에 시동을 건다.

한참을 달려 우리가 다다른 곳은 어느 한적한 바닷가였다. 한 음식점에서 젖은 손을 툴툴 털며 나오는 아주머니와 탄 씨는 내가 알아들을 수 없는 베트남말로 얘기를 나눴다.

"지금 우리가 서 있는 이곳이 하미 마을이라는군요."

탄 씨가 내게 귀뜀을 해준다. 이제 위령비를 찾는 것은 시간문제였다. 우리는 다시 오토바이에 올랐다. 8월의 따가운 햇살 아래 알알이 영글어가고 있는 벼 이삭들과 소박한 모습의 촌가들이 마치 한국의 농촌을 그대로 옮겨다 놓은 듯했다. 이렇게 평화로운 마을에서 끔찍한 학살이 자행되었다니…….

음식점 아주머니의 말을 듣고 탄 씨가 나를 데려간 곳은 너른 공동묘지였다. 그곳에는 지붕을 얹은 두 개의 커다란 비석이 약간의 거리를 두고 서 있었다. 하지만, 그 비석들은 또 다른 전쟁 희생자들의 현신임이 분명해 보였다. 그건 외양부터가 예전에 내가 인터넷에서 봤던 하미 마을의 위령비 사진과는 사뭇 달랐다.

이제 우리는 거리에서 마주치는 아무 사람이나 붙잡고 위령비와 팜 티 호아 할머니 댁의 소재를 물어보기에 이르렀다. 팜 티 호아 할머니는 한국군의 하미 마을 양민 학살 때 구사일생으로 목숨을 건진 사람들 중 한 사람이다. 할머니는 식구 다섯 명을 한꺼번에 잃고 자기 자신도 수류탄에 두 발목이 잘려 나갔다. 그리고 지금까지 인고의 세월을 살아왔다. 아니, 살아왔다기보다는 어쩌면 견뎌왔다는 표현이 더 적합할지 모르겠다.

베트남전쟁 중 한국군의 양민학살은 하미 마을 이외에도 수없이 많은 장소에서 일어났다. 한국군에 의해 저질러진 민간인 학살은 베트남 정치국의 공식 문서에서만 5천여 명에 이르고, 2000년 <한겨레 21>의 현지 조사에 따르면 약 9천 명에 육박한다.

큰 도로변으로 나오자, 한 무리의 사람들이 눈에 띄었다. 마을 회의를 하는지, 아니면 누군가의 생일 잔칫날인지 나무 평상 위에 술과 음식들을 차려놓고 여남은 명의 남자들과 아녀자 몇이 모여 있었다.

"씬짜오?(안녕하세요?)"

나는 그들에게로 다가가 예를 갖춰 인사를 건넸다. 사람들의 시선이 일제히 나에게로 날아와 꽂혔다. 탄 씨가 나서서 나를 한국에서 온 사람이라고 소개한 뒤 위령비와 팜 티 호아 할머니 댁에 대해 물었다. 좌중이 잠시 술렁거렸다. 나는 순간 긴장을 해서 딸꾹질을 할 뻔했다. 그러나, 염려했던 험악한(?) 상황은 벌어지지 않았다.

그동안 한국의 의식 있는 여행자들과 시민단체, 의료봉사단체 등이 이 마을을 다녀가며 공덕을 쌓은 탓일까? 그리하여 한국인에 대한 노여움의 색깔이 얼마간 옅어진 게 아닐까? 내 나름대로 그런 생각을 해봤다.

또 다른 한편으로는 한국의 정부가 지금까지 무엇을 하였는지 따져 묻고 싶었다. 우리가 위안부 할머니 문제와 관련해 일본에 사죄와 배상을 요구하면서 베트남에는 진심 어린 사과와 배상을 하지 않는 건 이율배반적인 태도가 아닌가?

"이거나 한 잔 마셔요!"

내 앞에 앉아있던 스포츠형 머리의 남자가 미소를 지으며 맥주잔을 건넸다. 나는 뜨거운 물에 손이라도 덴 듯 반사적으로 손사래를 쳤다. 생각 없이 넙죽 술을 받아 마실 때가 아니었다. 이웃집 형님, 동생처럼 뵈는 사람들을 한데 모아놓고 기념사진을 찍어주고 나는 곧장 그곳을 떠났다.

다음으로 우리가 들른 곳은 디엔즈엉사 인민위원회였다. 정문으로 들어서자 푸른 제복을 입은 젊은 남자가 오른편 건물에서 나왔다. 경비를 서고 있는 경찰인 듯했다. 탄 씨의 질문 공세가 또 시작됐다. 남자는 작은 동요도 없이 탄 씨의 말에 귀를 기울였다. 그러더니, 핸드폰을 꺼내 어딘가로 전화를 했다.

"이 마을에 '팜 티 혹'이라는 여자는 있지만, '팜 티 호아'라는 사람은 살고 있지 않아요."

"그럴 리가…… 그게 정말입니까?"

"네."

난감했다. 나는 탄 씨의 핸드폰을 빌려 수첩에 미리 적어둔 '아맙'(한국 베트남 간의 공정무역과 공정여행을 위한 기업) 쪽으로 전화를 걸었다. 그러나, 몇 번의 시도에도 불구하고 전화는 끝내 연결되지 않았다.

제복의 남자는 잠시 자리를 떴다가 곧 오토바이를 끌고 나왔다. 그리고 독일군 철모처럼 생긴 헬멧을 쓰는 것이었다. 탄 씨가 나에게 찡긋, 눈짓을 보냈다. 나는 얼른 탄 씨의 오토바이에 올랐다.

남자를 따라서 몇 분도 달리지 않아 오토바이는 메마른 들판에 멈췄다. 저만치 앞에 금방이라도 비상할 듯싶은 누각 하나가 보였다. 입구에 서서 정면으로 보니, 사진으로만 접했던 바로 그 위령비였다.

커다란 향로에는 시든 들국화 한 무더기와 타다 남은 향 하나가 외롭게 꽂혀 있었다. 며칠 전에 누가 다녀간 모양이었다. 나는 비문부터 살폈다. 거기엔 나이순으로 번호가 붙어 있는데, 135명의 희생자들 이름이 붉게 아로새겨져 있었다. 1880년생 '쩐 티 트'라는 이름으로부터 시작해서 1968년생 '응웬 티 보단'이라는 이름으로 끝이 나고 있었다.

베트남인 이름의 특징이라면 '중간 이름'이 있다는 것이다. 과거에는 대부분의 베트남 여성들이 '티(Th□)'를 중간 이름으로 썼다. 이 비문에 적혀있는 이름들에서도 'Thi'가 대다수를 차지하고 있었다. 힘없는 부녀자들이 그만큼 많이 희생당했다는 증거였다.

그리고, 맨 마지막 세 명의 이름은 모두 똑같이 'VO DANH'이었다. 'VO DANH'은 '무명', 즉 '이름이 없다'는 뜻이다. 엄마 뱃속으로부터 세상에 나와(나오기 전일 지도 모른다) 이름도 채 얻기 전에 죽었다는 말이다.

비석의 뒷면은 커다란 연꽃 그림으로 단장이 돼 있었다. 베트남에서 평화와 자비를 의미하는 연꽃이 그려진 것은 이상할 게 없는 일이다. 그런데, 가만히 들여다보고 있자니 어딘지 모르게 앞면과의 조화를 거부하고 있다는 느낌이 들었다.

아니나 다를까. 이 연꽃 그림이 그려지기까지에는 우여곡절이 있었다고 한다. 이 위령비는 2000년 한국의 월남 참전 전우복지회가 돈을 기부하고, 베트남 사람들이 세웠다. 그런데, 그들이 새겨놓은 비문에 피비린내 나는 증오의 문구들이 박혀있는 걸 알게 된 한국 측에서 베트남 외무부 쪽에 그 내용을 수정해 달라고 요구했단다.

처음엔 비문의 내용을 고칠 수 없다고 당당히 맞섰던 하미 마을 사람들이 인민위원회의 회유에 못 이겨 한 발 물러서는 듯하더니 '역사를 왜곡해서 기록하느니 차라리 기록을 하지 않는 게 낫다'며 비문의 문구 위에 연꽃 그림이 그려진 대리석을 덧씌워버렸다.

제복의 남자에게 물어보니, 두 손으로 총을 난사하는 시늉을 하며 베트남전쟁 중 한국군에 사살된 사람들을 위해 세운 위령비가 맞는다고 했다. 3일 전에도 한국 사람들이 이곳에 와서 분향을 하고 갔단다.

경황이 없어 미처 아무것도 준비하지 못한 나는 비문 앞 맨바닥에 무릎을 꿇었다. 그리고 머리 조아려 빌었다. 한때 우리가 이 땅에서 철없이 저지른 야만적인 행동에 대해 용서해달라고. 그리고, 망자들이 전쟁 없는 평화로운 세상에서 영면하기를 진심으로 기원했다.

내가 자리에서 일어섰을 때 제복의 남자와 탄 씨는 말없이 돌아서서 먼 하늘을 바라보고 있었다. 내가 어렵게 말을 꺼내려 하는데 탄 씨가 먼저 입을 열었다.

"말하지 않아도 난 당신의 마음을 알 것 같습니다. 이제 남은 과제는 살아있는 우리들의 몫입니다."

탄 씨가 나의 어깨에 손을 얹으며 말했다. 나는 차마 고개를 들을 수가 없었다.
"미안합니다. 그리고, 고맙습니다."

내 입에서 간신히 삐져 나온 말은
이 두 마디가 전부였다.

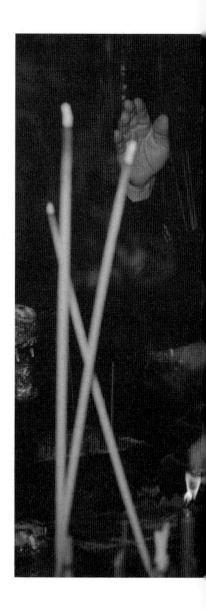

베트남, 길 위의 산책자

동반에서 만난 따이족 가족

오전 6시 반. 게스트하우스 부근의 작은 돌산 옆으로 난 길을 따라 걷다가 어젯밤 시장 어귀에서 옥수수를 구워 팔던 아주머니를 만났다. 그녀는 이른 아침부터 저녁 장사를 준비하느라 분주한 모양새였다.

"앞집이나 한번 구경해 보세요."
아주머니가 부엌에서 잠시 일손을 멈추고는 손가락으로 내 어깨 너머를 가리킨다.
"그 집에 뭐 특별한 거라도 있나요?"
"소수민족 가족이 살고 있거든요."

옥수수 아줌마의 호의를 받아들여서 손해를 볼 건 없어 보였다. 나는 곧바로 아줌마가 손으로 가리킨 집으로 향했다. 그리고 조심스럽게 대문을 밀었다.

한 노인이 돗자리를 펴놓고 앉아 손으로 뭔가를 열심히 돌리고 있었다. 조심스레 다가가 보니 노오란 옥수수 알맹이들이 그의 왜소한 체구 앞에 수북이 쌓여 있었다. 벌어진 주둥이에 옥수수를 집어넣고 손잡이를 돌리면 옥수수 알이 밑으로 주르륵 떨어지도록 만든 도구가 신기했다.

노인에게 인사를 하고 잠자코 일하는 모습을 구경하고 있는데, 위쪽에서 젊은 여자가 고개를 삐쭉 내밀고 계단을 올라오라고 내게 손짓을 했다. 조심스레 그 계단을 오르니 큰 제단이 먼저 눈에 들어왔다.

빛바랜 조상들의 사진이 뒤이어 보였는데, 그 주변으로 타고 남은 향들이 그득히 꽂혀져 있었다. 제단 위로는 해독할 수 없는 한자들이 무식한 이방인을 비웃듯 내려다보고 있었다. 방들은 모두 닫혀 있었다. 거실 안쪽의 공간은 부엌인 모양인데, 화덕에 불기가 없어 컴컴했다.

여인의 이름은 '호아'이며, 29살이라고 했다. 이 집에서 8년째 살고 있단다. 흐몽족이냐고 물으니, 자신은 따이족이란다.

장난감 총을 손에 쥔 아이가 텔레비전 앞에 엎드려 있는 게 그즈음에서야 내 눈에 들어왔다. 화면에는 언젠가 본 듯한 만화 캐릭터들이 뭐라고 떠들어대고 있었지만, 아이의 눈은 TV가 아닌 허공을 바라보고 있는 듯했다. 몸짓이 아무래도 심상치 않아 가만히 눈여겨보니 아이의 손가락들은 굽어 있고 몸도 잘 가누지를 못했다.

"아이가 아파요." 애 엄마가 힘없이 말했다.
"내 조카도 당신 아이처럼 장애가 있답니다."

잠시 침묵이 흘렀지만, 우리는 서로 공감의 눈빛을 교환했다. 발달장애 아들과 씨름하며 사는 동생 내외의 처지를 나는 누구보다 잘 알고 있었다.

내가 아이를 안고 돌보는 동안 호아는 화덕에 불을 지핀 뒤 커다란 놋쇠 그릇에 돼지비계를 썰어 넣었다. 비계가 녹으며 기름이 흥건하게 고이자 큰 수저로 떠서 냄비에 옮겼다. 그러고 나서 불 옆에 앉아 땅콩 껍질을 벗기기 시작했다. 나도 그녀 옆에 한쪽 무릎을 세우고 앉아 손톱 한마디만 한 땅콩 껍질을 벗겼다.

"식구는 전부 몇이죠?"
"넷이에요. 남편과 시어머니, 아이, 그리고 나."
"근데, 남편은 보이질 않네요?"
"밖에 일하러 나갔어요."

호아는 내게 녹차를 한 잔 따라주고는 다시 부엌일에 몰두했다. 나는 잠시 아이를 마루에 내려놓고 집 안을 찬찬히 둘러봤다.

집은 목조건물이었다. 지면으로부터 1미터가량 공간을 띄워 마루를 깔았고, 지붕은 기와를 얹은 형태였다. 거실로 오르는 계단 쪽으로는 벽이 없이 탁 트여 있어서 마당 너머로 먼발치 떨어진 산과 흘러가는 구름을 바라볼 수 있었다.

집안 곳곳에서는 새들이 쉴 새 없이 노래했다. 보물찾기를 하듯 찾아 세어보니 새장이 무려 다섯 개나 되었다. 모두 시장에서 사온 거란다. 좀처럼 달아나지 않는 시름을 잊고자 이 집의 주인은 저렇게 많은 새들을 키우고 있는 건 아닌지……

이 집안의 내력을 내 마음대로 상상하고 있을 무렵 호아의 시어머니가 외출에서 돌아왔다. 할머니는 올해 여든 살이란다. 잠시 뒤엔 호아의 남편도 일터에서 돌아왔다. 그는 얼굴이 둥글둥글하고 체구도 좀 있는 편이었다. 그래서 비엣족이 아닌가 싶었는데, 따이족이란다. 이곳에서 나고 자랐단다.

나를 보자마자 그는 먼저 차부터 따라주었다. 이곳 사람들은 손님에게 차를 따라주는 게 몸에 밴 것 같았다. 그는 물담뱃대에 불을 붙이고는 코로 힘껏 들이마셨다. 호로록, 경쾌한 소리가 났다.

호아의 남편은 집 짓는 일을 한단다. 그래서인지 팔뚝에는 긁힌 상처들이 적잖이 수를 놓고 있었다. 아내와 잠시 얘기를 주고받더니 그는 오토바이 헬멧을 머리에 썼다. 그리곤 나에게 식사를 하고 잠도 자고 가라면서 집을 나섰다.

조금 무료해진 나는 마루 밑에서 옥수수 탈곡 작업을 하고 있는 노인에게로 갔다. 내가 탈곡을 해보겠다고 하자 노인이 순순히 자리를 내준다. 옥수수가 작거나 홀쭉한 것들은 탈곡이 잘 안되고 자꾸 그 자리에서 맴돈다. 채 떨어지지 않은 알맹이들은 손으로 직접 떨어내야만 했다. 노인의 손은 검게 그을리고 많이 갈라져 있었다. 발도 매한가지였다.

한 시간 남짓 앉아서 옥수수 알맹이를 깠더니 허리가 욱신거렸다. 아이고, 소리를 내며 내가 허리를 두드리자 노인은 자신의 허리를 매만지며 '나도 그래' 라는 표정을 지으며 후훗 웃었다.

노인의 등허리를 안마해주고 거실로 돌아와 카메라를 챙기려는데, 호아가 밥을 먹고 가라고 붙잡았다. 눈 깜짝할 새 거실에 밥상이 차려졌다. 흰 쌀밥에 돼지고기와 야챗국, 그리고 호아와 함께 깐 땅콩이 먹음직스러웠다. 갑자기 시장끼가 느껴졌다.

호아가 술을 가져와 노인과 나에게 따라주었다. 옥수수로 빚은 거라고 했다. 호아의 시어머니는 연신 내 밥그릇에 고기를 얹어주며 많이 먹으라는 시늉을 했다. 전기밥통에서 직접 밥을 떠서 내 밥그릇에 담아주기까지 했다.

호아는 아이를 무릎에 앉혀놓고 밥을 먹여주었다. 아이가 밥을 다 먹은 뒤 나는 그녀가 식사를 할 수 있도록 아이를 받아들었다. 그녀는 밥숟가락을 뜨는 둥 마는 둥 식사를 마치고는 곧바로 상을 치웠다. 나는 아이를 이불 위에 눕혀놓고 호아에게 작별인사를 건넸다. 갑작스레 나타난 이방인에게 친절을 베풀어줘서 너무 고맙다고 말하자 그녀는 말없이 활짝 웃었다. 그 미소를 오래오래 간직할 수 있으면 좋겠다고 생각하며 나는 호아의 집을 나섰다.

베트남, 길 위의 산책자

[뒷이야기]

요즘 베트남에서 활동하는 한국인 유튜버 중에 오토바이를 타고 베트남을 방방곡곡 여행하는 J씨가 있다. 나는 그 유튜브 구독자이다. 여기서 유튜브 채널명을 밝히기는 좀 그렇지만, 어쨌든 그는 베트남 아내와 7살짜리 아들과 함께 5개월여 동안 오토바이 꽁무니에 앙증맞게 생긴 트레일러를 매달고 유유자적 – 솔직히 말해, 유유자적과는 약간의 거리가 있지만 – 베트남을 돌고 있다. 트레일러 위에는 가족이나 다름없는 반려견 두 마리가 앉아 좋든 싫든 세상 구경을 하면서…….

그의 가족은 베트남 중남부 도시인 냐짱을 떠나 북쪽으로 다낭, 호아빈, 사파, 하쟝, 까오방 등을 거쳐 지금은 랑선이란 도시에 도착해 호텔에 짐을 풀고 쉬고 있다. 일주일쯤 전, 그들이 메오박 마을 부근에 머물고 있을 때 나는 J씨에게 미션(?) 하나를 댓글에 툭, 던졌다. 이미 동반을 수 킬로미터 지나온 그에게 혹시 동반에 다시 갈 일이 생긴다면 내가 예전에 방문했던 소수민족 가정집을 찾아가 보라고 추천 반, 강요 반에 가까운 부탁을 했다. 호아 가족이 어떻게 지내는지 나는 적잖이 궁금했던 것이다.

나는 여행일기를 찾아서 J씨에게 여주인의 이름과 대략적인 집 위치를 알려주고, 아이가 장애가 있다는 정보 아닌 정보까지 주었다. 그런데, 고맙게도 J씨는 내 미션을 수행하겠노라는 답글을 남겼다.

J씨의 예고대로 마침내 유튜브 동영상에 호아 가족이 나타났다. 선하게 생긴 얼굴들만큼은 여전했다. 호아와 남편은 얼굴살이 좀 붙은 듯했고, 할머니는 많이 여위어 보였다. 걷는 게 여의치 않아 할머니는 대부분의 시간을 방에서 지낸다고 J씨가 화면 뒤쪽에서 설명을 해줬다. 아이는 몸집이 많이 불어나 있었다. 그때나 지금이나 움직임은 별로 나아진 게 없어 보였다. 그래서인지 호아 남편의 얼굴에 그늘이 언뜻언뜻 보였다.

J씨는 나의 이해를 구하며 자신을 내 친구라고 소개했다. 그의 말에 의하면 호아는 나를 기억하고 있었고, 3일 동안 자기 집에 머물렀다고 얘기했다는 것이다. 사람의 기억은 언제나 빗나가기 마련이니까. 어쩌면 내가 다녀간 뒤로 3일쯤 그 집에 머물다 간 사람이 있을지도 모르겠다.

J씨는 할머니가 좋아하는 간식을 물어본 뒤 자기 아내에게 사오게 했다. 잠시 뒤 J씨의 아내가 과자와 우유를 한 아름 안고 돌아왔다. 아이에게 J씨가 직접 손으로 우유를 먹여주었다. 그러고나서 J씨는 눈치있게 일어나 "이제 우리 그만 가봐야지. 폐 끼치지 말고. 코로나가 사라지면 아마 친구가 다시 놀러올 거예요."라고 하면서 호아 가족들과 작별인사를 나누는 것이었다.

나는 호아의 집을 방문해 안부를 전해준 J씨에게 고마운 마음을 전했다. 살다보니 이런 인연도 있다.

베트남 냄새 가득한 풍히엡 수상시장

창밖으로 날이 희붐하게 밝아오는 걸 보며 나는 황급히 밖으로 나왔다. 벼르고 벼르던 메콩의 풍광을 한시라도 빨리 보려면 방구석에서 뭉그적거릴 시간이 없었다. 오토바이 소음과 모기들의 집요한 게릴라식 공격에 저항하며 거의 뜬눈으로 밤을 지새운 터라 몸은 천근만근 무거웠다. 이런 나를 마치 위로라도 해주려는 듯 강바람이 상큼 불어왔다.

풍히엡 우체국 부근에 있는 다리 위를 걷고 있을 때였다. 누군가가 뒤에서 소리쳐 불렀다. 돌아보니, 저만치 다리 밑둥에서 한 남자가 빙긋이 웃고 있었다. 나는 배가 정박해 있는 수로 쪽으로 천천히 내려갔다.

"보트 투어를 해보세요!"

남자는 바로 코앞에 있는 배를 손으로 가리키며 말했다. '오랜만에 호강을 한번 누려봐?' 생각할 겨를도 없이 남자와 줄다리기 흥정에 들어갔다. 결국 나는 두 시간의 배 유람에 6달러를 주기로 하고 통통배에 올랐다. 그런데 이 남자는 눈 깜짝할 새 어디서 데려왔는지 동년배의 한 남자를 배에 오르게 한 뒤 자신은 배에서 껑충 뛰어내리는 게 아닌가.

"당신은 왜 배에서 내리는 거죠?"
"내 친구가 당신을 구경시켜줄 거예요. 아무 걱정 마세요."

알고 보니, 배에서 내린 남자는 선주이자 고용인이고, 뒤에 나타난 사람은 선주의 친구이자 피고용인이었다. 이제 조타 핸들은 선주의 친구에게로 넘어간 셈이었다. 나는 순순히 수긍하고 얌전한 고양이처럼 자리에 앉았다. 배는 천천히 수로 한가운데로 물러났다. 베트남 여인들의 몸피를 빼닮은 배들이 요란스럽게 모터 소리를 내며 지나갔다.

폭이 백 미터는 좋이 될 수로를 따라가다 보니 오른편으로 또 하나의 작은 강줄기가 목을 길게 빼고 마중 나왔다. 키를 잡은 남자는 그 좁아진 수로 쪽으로 뱃머리를 돌렸다. 허름한 수상가옥들이 영화에서 보던 장면처럼 시야에 들어왔다. 물속에 듬성듬성 박힌 나무말뚝 위로 엉성하게 지어진 집채들이 주변의 야자나무들과 썩 잘 어울렸다.

강물은 황톳빛이었다. 그 강물에 몸뚱이를 담그고 목욕을 하는 남정네가 있는가 하면, 두레박으로 물을 길어 그릇을 씻는 아낙네도 보였다. 사람들과 자전거를 한꺼번에 실어 한쪽으로 기우뚱해진 나룻배는 이방인의 가슴을 졸이게 했다.

인상적인 장면이 내 눈에 들어온 건 바로 그때였다. 논라를 쓰고 맨발로 서서 노를 저어 가는 여자 뱃사공들. 건장한 남자라도 힘에 부칠 만한 노를 저으며 저만치 멀어져가는 그들의 뒷모습은 강렬한 이미지로 내 머릿속에 각인되었다.

풍히엡에는 7개의 커다란 수로가 있다. 그것들은 메콩델타의 크고 작은 수로들과 거미줄처럼 연결되어 있다. 사람들은 이 삶의 텃밭에서 고기를 잡고, 닭오리를 키우고, 채소를 기르고, 목욕을 하고, 그릇을 씻는다. 자연환경이 이렇다 보니, 메콩델타에 뿌리를 박고 사는 사람들에게는 미끈하게 빠진 오토바이나 승용차보다도 바닥에 구멍이 났을망정 거룻배 하나가 더 생활에 요긴하게 쓰일 것이다.

키를 돌려서 처음에 배를 탔던 장소에서 좀 더 아래쪽으로 내려가자 마치 혼잡한 도로에 나온 것처럼 복닥거린다. 오래전부터 구경하고 싶었던 수상시장이었다. 고만고만한 크기와 모양새의 배들이 온갖 종류의 과일과 푸성귀들을 싣고 와 난장을 치고 있었다. 장을 보러온 사람들도 구미가 동하는 물건을 찾아다니느라 분주히 움직였다. 또, 그 틈바구니를 오가며 쌀국수와 아침밥을 지어 파는 식당 배 아줌마의 노 젓는 솜씨도 여간 아니었다.

약속된 두 시간이 금세 지나갔다. 나는 배에서 내려 '뜨' 라는 이름의 배 주인과 나를 안내해준 친구와 함께 껌빈전(서민 식당)으로 갔다. 뜨 씨의 친구는 껌텁껌(쌀밥에 돼지고기, 해물, 야채 등을 얹은 음식) 한 그릇을 자리에 앉기가 무섭게 뚝딱 해치웠다.

껌텁껌은 시간에 쫓기는 사람들에게 적격인 음식이다. 미리 준비된 반찬들을 밥 위에 얹어 먹는 데, 우리의 비빔밥과 사촌쯤은 되겠다. 나는 베트남 여행을 할 때 이 음식을 가장 즐겨 먹곤 한다. 어느 도시를 가든 십중팔구는 입맛에 맞고 저렴한 것이 큰 이점이다.

오후에 세탁비누를 사러 나갔다가 우연히 뜨 씨를 또 만났다. 자기

베트남, 길 위의 산책자

집을 구경시켜준다고 해서 나는 선뜻 그의 오토바이 꽁무니에 올라탔다. 나무판자를 더덕더덕 붙여 벽을 두르고 야자나무 잎으로 얼기설기 지붕을 올린 집이었다. 문 앞에 나와 있던 그의 아내가 나를 보더니 수줍은 미소를 지었다.

나는 문간방으로 안내되었다. 그런데, 앉아서 세간들을 훑어볼 겨를도 없이 문밖으로 장대비가 후두둑, 떨어지기 시작했다. 스콜이었다. 동네 아이들이 골목에서 앙가슴을 드러낸 채 폴짝폴짝 뛰어다녔다. 마음 같아서는 저 동심 속으로 폴짝 뛰어들고 싶은데……

"다른 식구들은 없나요?"
"누이동생은 외출하고, 딸아이 둘은 학교에 갔어요."
"당신은 참 아름다운 고장에서 사는군요. 여기가 고향인가요?"
"내 고향은 사이공이에요. 1958년에 태어나 열일곱 살 때 부모님과 함께 이곳으로 왔지요. 풍히엡은 돌아가신 제 아버지 고향이지요."

그는 보트 투어와 쎄옴(오토바이 택시)로 한 달에 180달러쯤 번다고 했다. 일반 공무원의 몇 배에 해당하는 수입이니 베트남에서 가난한 축은 아니었다. 수입의 절반쯤은 저축을 한단다. 그가 말하는 저축이란 은행에 맡긴다는 의미가 아니었다. 베트남 사람들은 은행보다는 차라리 금은방에 가는 걸 더 선호한다. 은행 이자가 낮은 것이 그 이유이다. 게다가 그들은 금붙이나 달러로 보관하고 있는 게 훨씬 더 안전하다고 믿는다.

"그렇게 모아서 어디에 쓰려고요?"

"나중에 동생에게 가게 하나 차려주려고 해요."

"세상에, 당신 같은 오빠도 없군요."

뜨 씨는 머리를 긁적이며 멋쩍은 웃음을 흘렸다. 고등학교를 갓 졸업한 뜨 씨의 여동생은 믿음직한 오빠의 성원에 힘입어 요즘 미싱을 배우는 재미에 푹 빠져 있단다. 여섯 달쯤 뒤 동생은 어엿한 양장점 여주인이 돼 있을 것이라고 뜨 씨는 자신했다. 그는 알토란같은 사업 계획도 살짝 들려주었다. 앞으로 몇 년 안에 번듯한 레스토랑 하나를 갖게 될 것이란다.

자신들의 꿈을 차곡차곡 쌓아가고 있는 두 남매에게 나는 마음속으로 응원의 박수를 보냈다. 이런 베트남인들을 두고 누가 게으른 민족이라 했는지 모르겠다. 베트남인들의 관습이나 기후 조건 등을 고려하지 못한 데에서 온 오해가 분명하다. 열대 기후이다 보니 하루 중 가장 더울 때는 잠시 손을 놓고 쉬는 것이 그들로서는 일의 효율성을 높이는 최선의 방법일 게다. 내가 본 베트남인들은 그 어느 나라 사람들보다도 하루를 빨리 시작하는 부지런한 사람들이다.

저녁 찬거리를 준비하던 뜨 씨의 아내가 커피에 얼음을 채워 내왔다. 이방인의 방문을 어떻게 알았는지 동네 사람들이 벌떼처럼 몰려와 문 앞을 에워쌌다. 꼬맹이들은 내 목에 걸려 있는 카메라를 만져보려고 야단법석이었다.

185

부부의 기념사진을 찍어준 뒤 좁은 계단을 따라 2층으로 올라갔다. 낯선 방문객에 흠칫 놀란 뜨 씨의 부모가 영정사진 속에서 나를 빤히 올려다봤다. 커다란 노란색 향이 제단 위에서 반쯤 타들어가고 있었다. 부자든 가난뱅이든 집안에 조상을 모셔두고 시도 때도 없이 고개를 조아리는 베트남 사람들. 밥 먹고 설거지하는 것만큼이나 자연스럽게 몸에 밴 그들의 일상 가운데 하나였다.

어느 학자는 베트남인들의 조상에 대한 제사를 가리켜 '휴대용 종교'라는 이름표를 붙이기도 했다. 절이나 교회처럼 넓은 공간이 필요 없고, 어디를 가든 늘 조상의 영정을 몸에 지닐 수 있기 때문이라는 것이다. 휴대용 종교. 우리나라 사람들에게도 똑같이 적용되는 이름이 아닐까?

베트남에서는 시골의 마을 어귀나 논밭 한가운데에 묘지가 들어서 있는 것을 심심찮게 보게 된다. 그것은 산 자와 죽은 자의 간극을 뛰어넘는, 그래서 지상과 지하의 세계가 평화롭게 공존하고 있음을 묵시적으로 보여주고 있는 것만 같다.

불현듯, '하늘과 땅'이라는 영화가 생각난다. 올리버 스톤 감독의 '베트남 3부작' 가운데 하나인 이 영화는 베트남전쟁을 미군의 시각이 아닌 베트남 여인의 시각으로 바라본 영화라고 할 수 있다. 초반부에 베트남의 황금 들판을 배경으로 흘러나오던 내레이터의 목소리가 귓가에 삼삼하게 들려오는 듯하다.

"논은 묘지 곁에 있었는데, 영혼이 벼를 지나가면 그 쌀을 먹는 후
손들이 선조와 교감한다고 믿어서다."

베트콩과 호엉 아가씨

사이공 행 통일열차는 마치 출발선에 선 마라톤 선수처럼 긴장돼(고백하건대, 긴장을 하고 있는 건 정작 나였지만) 보였다. 밥 먹다가도 벌떡 일어날 만큼 좋아하는 여행이라지만, 30시간이 넘는 기나긴 여정을 앞두고 마냥 즐거워만은 할 수 없는 속내를 어쩌겠는가. 어쨌든, 하노이를 떠날 때가 된 것만은 분명했다.

기차표에 적혀 있는 좌석번호를 확인하며 객실로 들어서니, 머리카락이 치렁치렁한 남자가 커다란 여행 가방을 붙들고 씨름하고 있었다. 침대 밑의 짐 보관함에 가방을 집어넣으려는데 뜻대로 되지 않는 모양이었다. 내가 보기에도 짐 보관함이 좀 작긴 했다.

결국, 하던 일을 포기하고는 침대에 걸터앉은 그가 내게 뭐라고 말을 붙였다. 물론 베트남 말이었다. 내가 손사래를 치며 무슨 말인지 모르겠다는 시늉을 하자, 그는 나를 빤히 쳐다보았다. 그리고는 아차 싶은지 머쓱한 얼굴로 씨익, 웃었다. 나를 베트남 사람으로 오인한 것이었다. 나도 한두 번 겪는 일이 아니어서 가볍게 미소로 응했다.

그때, 젊은 여자 하나가 객실로 들어왔다. 스물두세 살은 되었을까? 여자는 손에 쥔 비닐봉지 안에서 해바라기씨처럼 생긴 것을 꺼내 불쑥 나의 입에 갖다 대었다. 그녀의 행동은 너무나 태연스러웠지만, 나는 꽤 놀랐다. 그녀는 눈앞에서 내가 얼른 그 검붉은 씨앗을 먹기를 바라는 눈치였다. 나는 잠시 머뭇거리다가 부디 그것이 독약만은 아니길 바라며 조심스레 입안으로 집어넣었다.

"맛이 괜찮아요?"

여자가 영어로 말했다.

"글쎄, 잘 모르겠는데⋯⋯."

사실, 그 상황에서 나는 맛을 음미할 겨를이 없었다. 달갑지 않은 입속의 이물질을 얼른 뱉어버리고 싶은 생각뿐이었으니까. 하지만, 나를 쳐다보며 배시시 웃고 있는 그녀의 면전에서 차마 그럴 수는 없었다. 나는 그녀가 잠시 한눈을 파는 사이 거의 빛의 속도로 입속에 있는 물건을 꺼내 손에 감추었다.

"더 드릴까요?"

"아뇨, 됐어요."

내가 고개를 절레절레 흔들자 다행히 그녀는 더 이상 권하지 않았다. 그녀는 장발의 남자와 몇 마디를 나누고는 곧 객실을 나갔다. 그러고 나자, 이번엔 세 명의 젊은 남자들이 수런대며 들어왔다. 그들은 각자 자리를 찾아 짐들을 풀었다. 이제 6인실의 모든 침대가 주인을 만난 셈이었다.

나와 눈이 마주친 한 사내가 먼저 자신을 소개했다. '끼엠'이라는 이름의 중국인인데, 무역 일로 베트남에 와 있단다. 귀공자처럼 생긴 얼굴에 동그란 안경을 낀 그는 성격이 활달해 보였다. 나는 그의 동료들과도 가볍게 인사를 나눴다. 모두 이십 대 후반쯤으로 보였다.

맞은편 침대에 앉은 장발의 남자도 우리 사이에 끼어들었다. '람'이 라고 자신을 소개했다. 알고 보니, 그는 조국의 독립과 해방을 위해 분연히 일어섰던 전사였다. 1960년에 결성되어 남베트남과 미국을 상대로 싸운 베트남민족해방전선(Vietnamese National Liberation Front)의 일원이었다는 것이다.

과거에 세상 물정 모르던 우리가 얕잡아 부르던 '베트콩'이 아닌가. 베트콩의 정식 명칭은 'Viet Nam Cong San'으로, 베트남 공산주의자라는 의미이다. 그 베트콩이 지금 내 눈앞에 있다니! 이 현실을 어떻게 받아들여야 한단 말인가?

"1975년도였지요. 내가 한쪽 다리를 잃은 게. 그날, B52 폭격기 세대가 머리 위로 300톤 가량의 폭탄을 떨어뜨렸어요. 불과 10분에서 15분 사이에 일어난 일이지요."

"1975년이라면 베트남 전쟁이 막바지에 이르렀을 때 아닌가요? 그때 당신은 어느 지역에 있었나요?"

"메콩델타에 있었지요."

람 씨의 딸 '흐엉'이 아버지의 말을 영어로 옮겨주었다. 나에게 맛없는 씨앗을 준 아가씨였다. 바닷가에서 매일 수영만 했는지 피부가 까무잡잡했으나 어딘지 모르게 귀여운 구석이 있는 얼굴이었다.

끼엠의 요구에 못 이겨 람 씨는 조심스레 바짓자락을 걷어 올렸다.

그러자 복숭아빛이 감도는 의족이 드러났다. 람 씨의 상처는 그게 전부가 아니었다. 긴 머리카락을 손가락으로 헤집으니 동전보다 큰 상처가 흉하게 아물어 있었다. 1972년 폭탄 파편에 맞은 상처라고 했다. 목 밑의 또 다른 상처는 그 다음해에 얻은 것이란다. 몇 번이나 폭탄을 맞고도 살아남았다니, 천우신조라든가 기적이란 말은 이런 경우를 두고 쓰는 것이리라.

람 씨는 책갈피에 꽂아두었던 몇 장의 사진을 꺼내 우리에게 보여줬다. 베트남전 참전 군인들이 어떤 행사 ― 아마 해방 기념일이거나 독립 기념일이 아닐는지 ― 를 마친 뒤 한자리에 모여 기념 촬영을 한 것이었다. 모든 이들의 제복 앞가슴엔 별 모양의 훈장들이 주렁주렁 매달려 있었다. 람 씨의 늠름한 어깨 위에 붙은 별 세 개가 유난히 빛났다.

기차는 어둠을 뚫고 꽝 응아이의 들판을 숨차게 달렸다. 이 지역은 과거에 한국의 청룡, 맹호 부대가 주둔했던 곳이다. 밤낮없이 치열한 전투가 벌어졌고, 그 과정에서 헤아릴 수 없이 많은 군인과 양민들이 피를 흘린 땅이다.

베트남 정부의 공식통계에 따르면 베트남 전쟁에서 1백만 명의 북베트남군이 전사하고 2백만 명의 민간인이 죽었다고 한다. 또한 미군의 고엽제 등 화학무기로 인해 2백만 명이 넘는 불구자가 생겼다고도 한다. 그렇게 많은 희생자들을 내면서까지 과연 몹쓸 인간들이 얻으려고 했던 것은 무엇일까?

인류 공동의 적인 전쟁주의자들은 지금도 여전히 세계의 안녕과 평화를 위협하고 있다. 가증스럽게도 민주주의와 자유주의라는 가면을 뒤집어쓰고서. 나뭇가지 위에 앉아 자기가 떨어지는 줄도 모르고 톱질을 해대는 인간을 묘사한 브레히트의 시가 불현듯 떠올랐다.

람 씨는 갑자기 말수가 적어졌고, 다른 여행자들도 피곤한지 조금씩 자세가 흐트러지기 시작했다. 나는 바람을 쐬기 위해 복도로 나왔다. 언제 나왔는지 어둑한 통로 구석에 간이 의자를 놓고 흐엉이 앉아 있었다. 그녀는 다소곳이 창밖을 응시하고 있었다. 그녀의 가녀린 실루엣이 열차와 함께 애잔하게 흔들렸다.

"미스터 김, 저기 하늘을 보세요!"
"뭐가 보이는데?"
"별밭이에요, 별밭."

아! 별이었다. 밤하늘에서 금방이라도 쏟아져 내릴 것만 같은 영롱한 별들. 그건 정말이지 흐엉의 말대로 별밭이라는 표현이 꼭 맞을 듯했다. 별이 저렇게도 많은 색깔을 지니고 있었던가? 이런 광경을 내 생에 또다시 볼 수 있을까? 나는 눈앞에 펼쳐진 장관에 경도되어 한참 동안 밤하늘에서 눈을 떼지 못했다.

그렇게 흐엉과 어깨를 맞댄 채 별을 바라보고 있자니 문득 알퐁스 도데의 '별'이 떠올랐다. 저 수많은 별 중에 가장 빛나는 별 하나가 지금

길을 잃고 내 어깨에 내려앉아 잠이 들어 있다. 스테파네트 아가씨, 아니
베트남민족해방전선 전사의 딸 흐엉 아가씨가……．

베트남, 길 위의 산책자

랑꼬 마을의 억척 여인

그녀의 이름은 훼. 자신이 살고 있는 도시의 이름과 같다. 그녀를 만난 건 랑꼬 마을에서다. 은행에서 환전을 하고 호텔로 돌아가는 길이었다. 그녀는 수제 팔찌와 목걸이 따위가 든 플라스틱 바구니를 옆구리에 끼고 나보다 몇 걸음 앞서가고 있었다.

"어디를 가세요?"
그녀가 갑자기 휙 돌아서며 내게 영어로 말을 걸었다.
"호텔에 가는 길인데요. 왜 그러죠?"
"하이반 고개(Hai Van Pass) 구경하러 안 가실래요? 경치가 최고예요."
"당신, 오토바이는 갖고 있어요?"
"물론이죠. 이 바구니를 집에다 두고 올 테니 호텔에 가서 기다리고 계실래요?"

썩 내키지는 않았지만, 나는 그녀의 제안을 받아들였다. 하이반 고개에 빨리 가고 싶어서 나는 안달이 나 있던 참이었다. 여자가 운전하는 오토바이 뒷자리에 오른다는 게 살짝 자존심에 금이 가는 일이긴 하나, 그래도 남자들보다는 조심스럽게 운전할 것이라 믿고 그 잘난 자존심은 잠시 내려놓기로 했다.

내가 호텔로 돌아와 옷을 갈아입고 밖으로 나왔을 때 훼는 이미 오토바이를 길가에 세워놓은 채 만면에 미소를 머금고 있었다. 그 미소의 의미는 자신감이라고 해둘까? 어쨌든 그렇게 우리는 오토바이 투어를 떠났다.

조금은 힘에 겨운 듯 앓는 소리를 내며 훼의 오토바이는 뱀처럼 굽은 산허리를 돌아 돌아 하이반 고개로 향했다. 발밑으로는 남중국해의 푸른 바다와 방금 떠나온 랑꼬 마을의 기다란 백사장이 수려하게 펼쳐져 있었다. 흘끗흘끗 바다를 내려다보며 20여 분을 올랐을까. 마침내 우리는 하이반 고개 정상에 다다랐다.

해발 496m의 하이반 고개. 하이반은 한자로 해운(海雲), 다시 말해 '구름이 낀 바다'를 의미한다. 이곳은 2세기부터 15세기까지 베트남 중남부를 지배했던 참파왕국과 대월의 경계가 되었던 곳이기도 하다.

고갯마루의 광장 가장자리에는 서로 어깨를 맞댄 기념품 가게들마다 갖가지 액세서리와 공예품 따위를 좌판에 올려놓고 관광객들을 맞고 있었다. 산 밑으로 터널이 뚫리기 전에 - 아마 1997년이었지? - 버스를 타고 이곳을 지나가다 잠시 쉬어간 적이 있는데, 행상들이 구름떼처럼 몰려들어 적잖이 당황했던 기억이 있다.

광장 위쪽으로는 프랑스 식민지 시기에 지어 올린 성문과 베트남전쟁 때 사용하던 벙커가 잡초와 이끼를 뒤집어 쓴 채 을씨년스럽게 남아 있었다.

광장 남쪽에서는 다낭 시가지와 앞바다가 손에 잡힐 듯이 시야에 들어왔다. 베트남 중부지역의 최대 상업도시인 다낭은 베트남전쟁 때 한국군 청룡부대가 주둔했던 곳이기도 하다.

하이반 고개를 내려올 때는 시동을 끈 채 소리없이 미끄러지는 듯했다. 그런데, 그때부터 훼의 눈이 갑자기 바빠졌다. 길가에 떨어져 있는 빈 캔을 찾느라 고개가 좌우로 쉴 새 없이 돌아가는 거였다. 완 캔! 투 캔! 오토바이를 세울 때마다 그녀는 함박웃음을 터뜨리며 외쳐댔다. 빈 캔 세 개를 모으면 1천동이 생긴다니 그녀에겐 빈 캔 줍는 재미가 쏠쏠할 법도 했다.

훼는 랑꼬 마을이 시원하게 내려다보이는 곳에 나를 내려놓고는 '포토 포인트'라고 알려주었다. 구름이 끼어 쨍한 사진을 기대하긴 어려웠지만, 길쭉한 섬 모양의 마을을 바닷물이 에워싸고 있는 듯한 풍경은 감탄사가 절로 나올 만큼 아름다웠다. 언젠가 영국의 한 방송에서는 하이반 고갯길을 두고 세계에서 가장 아름다운 도로 중 하나라고 소개한 적이 있다고 한다.

사진을 몇 컷 찍고나서 훼는 내게 두 번째 제안을 해왔다. 자기 집을 구경하지 않겠느냐고. 나는 1초의 망설임도 없이 좋다고 했다.

그녀의 집은 내가 묵고 있는 호텔 부근의 공동묘지와 바로 이웃하고 있었다.

베트남, 길 위의 산책자

"밤에 무섭지 않나요?"

"무섭긴요. 귀신이랑 장난도 칠 수 있는걸요."

랑꼬 마을은 한때 한센병 환자들이 격리돼 있던 지역이다. 그러나 지금은 모두 완치가 되었고, 근사한 호텔과 리조트들이 하나둘 들어서면서 상전벽해라는 말을 실감하게 되었다.

집 안에는 코밑수염을 기른 초로의 남자가 있었다. 훼의 아버지라고 했다. 그리고 열다섯 살 된 남자아이와 생후 9개월밖에 안 된 아기가 엄마를 기다리고 있었다. 훼는 부리나케 부엌으로 들어가 아기의 밥부터 챙겨 먹였다.

"당신의 남편은 어디 있죠?"

"제 남편은 1년 전에 죽었어요."

"미안해요. 근데, 어쩌다……?"

"동하라는 도시에서 술을 마시고 오토바이를 운전하다 사고가 났지요."

"참 안됐군요."

그녀의 남편은 생전에 이 도시 저 도시를 전전하며 집 짓는 일을 했단다. 남편이 죽고 나서 훼는 이 집의 실질적인 가장이 되었다. 세 식구를 건사하기 위해 그녀는 집에 있을 틈도 없이 밖으로 돌아다녀야 했다. 그리고 돈이 되는 건 무엇이든 해야 했다. 쎄옴 기사, 액세서리 행상, 고물

줄기 등 닥치는 대로 몸으로 부딪혔다.

햇볕에 그을려 유난히 까맣게 보이는 얼굴은 그녀의 고된 삶을 대변하고 있었다. 마스크를 쓰고 다니라고 내가 충고하자 그녀는 귀찮아서 싫단다. 흰 피부를 동경하는 베트남의 뭇 여인들의 욕구 같은 것은 일찌 감치 내동댕이쳐 버린 모양이었다.

그녀의 강인한 생명력이랄까, 생활력이랄까. 아니면 이 두 가지 요소를 동시에 갖춘, 강고하고 억센 면모는 웬만한 남자 못지않았다. 그것은 일찍이 중국에 맞서 쯩자매가 일으킨 최초의 대규모 저항운동이나 프랑스와의 제1차 인도차이나전쟁, 미국과의 제2차 인도차이나전쟁 등을 겪으며 몸으로 체득한, 베트남 여인에게서만 유별스럽게 나타나는 유전자일지도 모르겠다.

아무튼, 내가 글을 쓰고 있는 이 시각에도 훼는 빛바랜 청바지에 얄 팍한 후드 티셔츠 하나 달랑 걸치고 이 거리 저 거리를 누비고 있으리라. 그녀는 무슨 일이 있어도 좌절하지 않고, 어떤 장애물이 막아서도 가뿐히 뛰어넘을 것이라고 나는 믿어 의심치 않는다. 부디 그녀의 삶에, 그녀의 앞날에 축복이 있기를 바란다.

사진/예술/요리 추천도서

뉴욕, 사진, 갤러리   최다운

"깊이 있는 작품들과 영감에 관한 이야기들"

라이선스를 통해 가져온 세계적 거장들의 사진을 즐길 수 있는 기회! 존 시르, 마쿠스 브루네티, 위도 웜스, 제프리 밀스테인, 머레이 프레더릭스, 티나 바니, 오사무 제임스 나카가와, 다나 릭센버그, 수전 메이젤라스, 리처드 애버든, 로버트 메이플소프, 안셀 애덤스, 어윈 블루멘펠드, 해리 캘러한, 아론 시스킨드. 최다운은 뉴욕의 사진 갤러들, 그리고 사진 작품들의 매력과 이야기들을 생동감 있게 전해준다.

내 인생을 빛내 줄 사진 수업   유림

"사진 입문자들을 위한 기본기부터 구도, 아이디어, 촬영 팁, 스마트폰 사진, 케이스 스터디까지"

좋은 사진을 찍고자 하는 사람이라면 누구에게나 도움이 될 수 있는 지식과 노하우를 담았다. 저자가 사진작가로서 경험하고 사유했던 소소한 이야기들도 이 책만의 매력이다. 사진을 잘 찍기 위한 테크닉 뿐만 아니라 좋은 아이디어를 얻는 방법과 저자가 영감을 받은 작가들의 이야기를 섞어 읽는 재미를 더한다.

김경미의 반가음식 이야기   김경미

"건강식에도 품격이! '한식대첩'의 서울 대표, 대통령상 수상 김치명인이 공개하는 사대부 양반가의 요리 비법"

김경미 선생이 공개하는 반가의 전통 레시피
  하나. 균형잡힌 전통 다이어트 식단
  둘. 아이에게 좋은 상차림
  셋. 몸을 활성화시켜주는 상차림
  넷. 제철 식단과 별미음식
그리고 소소하고 행복한 이야기들